이름 지어 주고 싶은
날들이 있다

"나의 작은 날들에게"

이름

지어

주고

싶은

날들이

있다

—

류예지
지음

꿈꾸는인생

나는 '내성천'이라는 이름의 강을 낀 작은 시골 마을
에서 태어났다. 어릴 때는 강변을 놀이터 삼아 유유자적
했고, 촌 동네의 생활을 하품이 날 정도로 지루해하는 동
안 준비 없이 어른의 길목에 들어섰다. 스무 살, 대부분
의 시골 아이들이 그렇듯 대학교에 진학하며 고향을 떠
났다. 떠밀리듯, 설렘 가득한 의지를 발현해 보무당당하
게 도시로 향했지만, 때가 되면 돌아오는 고작 한 마리의
철새가 되었을 따름이다.

철새의 삶을 살게 되면서 이따금 집에 내려갈 때면

천방둑*으로 긴 산책을 나갔다. 홀로 자전거를 타고 해거름의 천방둑을 달렸다. 두 뺨이 얼얼해질 정도로 달려 왔을 때쯤 홀연 자전거를 멈춰 세우고 소슬한 바람이 불어오는 들판 저편, 그림처럼 펼쳐진 동네를 바라보았다. 나중에야, 그것이 고향으로 다시금 편입되기 위한 나름의 통과의례였음을 알게 되었다.

우리 집은 마을 끄트머리, 길 모티**의 파란 대문 집인데, 천방둑에서 하염없이 바람을 맞고 서 있으면 파란 대문 너머에서 반짝 불이 켜졌다. 때마침 옆집 개가 컹컹 짖었고, 그 소리가 바람을 타고 구슬프게 들려왔다. 그것이 마치 내게 '여기까지 오느라 고생했지? 잘 왔어' 하는 고향이 보내는 작은 신호처럼 느껴져 왈칵 눈물이 터지곤 했다. 집으로 돌아갈 생각도 않고 먼발치에서 일렁이는 작고 예쁜 노란 불빛을 바라보고 있으면, 어둠에 삽시간에 파묻히기 전 기척을 내듯 삼삼오오 켜지는 집집마다의 불빛들이 다시는 돌아갈 수 없을 지난날을 비추는

* 물둑의 강원도 방언
** 모퉁이의 경상도 방언

것 같았다.

근사한 의미를 붙이지 않아도 좋을, 그저 먼 곳에서 작게 일렁이는 불빛을 닮은 나의 지난날을 한 번쯤은 기록해 보고 싶었다. 파편처럼 조각조각 흩어져 있다 결국 사라져 버릴 날들에 가만한 숨을 불어넣고 싶었다. 기억의 저편에 고요히 머물러 있는 이야기를 정리한 후 찬찬히 숨고르기를 하고 있을 무렵, 이날들의 가치를 알아봐 준 '꿈꾸는인생'과 인연이 닿았다. 홍지애 대표님과 원고에 대해 이야기를 나누면서, 금세라도 허물어질 모래성 같았던 지난날에 대한 나의 마음이 단단하게 여물어 갔다.

여름을 지나 가을, 겨울을 지나 다시 봄을 앞두고 이 책을 묶는 지금, 분명한 사실 한 가지를 깨닫는다. 근사한 의미를 부여하지 않아도, 소리 소문 없이 흘러가 버렸어도, 그리하여 모든 걸 다 기억하지 못한다 해도, 적어도 나에게 아무것도 아닌 날들은 없었음을. "뭘 이룬 것도 없이 여기까지 왔네"라는 말을 지나온 날들에 대한 후회로 남기기보다는, '비록 작은 불빛에 불과하지만, 잘 살아 여기까지 왔다'는 안도감으로 기록하고자 한다.

내 지나온 날의 끝에 누가 서 있을지 몰라 불안하던 때가 있었다. 과거부터 현재까지 강처럼 흘러온 수많은 날들을 헤아려 보는 이 순간, 천방둑에서 보았던 작고 예쁜 노란 불빛을 '반짝' 하고 켜 준 사람이 다른 누구도 아닌 바로 나였음을 비로소 알아챈다.

나의 지난날들이 나에게 그러했듯 당신의 지난날들이 당신에게 보낸 신호에 귀 기울여 보길. 그 작은 신호를 따라 사라지지 않고 여전히 저 먼 곳에서 기척을 내고 있는 당신의 날들에 가닿을 수 있다면 더할 나위 없이 행복하겠다.

_꿈꾸는 봄을 앞두고, 류예지

차
례

프롤로그 • 지나온 날들이 보낸 작은 신호　4

동네 잔칫날　15

유치원 졸업사진 찍던 날　18

친척 어른에게 혼난 날　22

크리스마스트리를 만들던 날　26

풍금으로 아라베스크를 들은 날　30

열한 살의 여름방학 1   35

열한 살의 여름방학 2   36

열한 살의 여름방학 3   40

타임캡슐을 묻은 날   45

둘째 고모의 죽음을 마주한 날   50

큰언니의 갈색 부츠를 신어 본 날   54

19금 영화를 본 날   58

코끼리를 처음으로 본 날   63

친구 아버지가 돌아가신 날   68

2002년의 끝, 종로에서 프랑스 영화를 본 날   72

일본에서 1   78

일본에서 2   83

엄마를 배웅하던 날 1   87

사무실에서 화재경보기가 울린 날   91

울산, 1박 2일   94

그날 이후 100일째 되던 날   99

엄마와 함께 요플레를 먹은 날   101

노르웨이에서 온 '생명의 물'을 마신 날   105

휴가가 끝난 큰언니의 출국일   109

고향 집에서 보낸 황금 휴가   114

딱 하루 출근했던 그곳에서의 하루   119

너의 말이 서운하게 들렸던 날   124

무주, 1박 2일   128

타인의 그림자를 훔쳐본 날   133

할매의 장롱을 정리하던 날   136

엄마를 배웅하던 날 2   141

보리암에 올라간 날   **146**

살구 밭에 딱새가 날아든 날   **150**

단골 안경점을 떠나보낸 날   **154**

장맛비가 쏟아지던 날   **159**

내가 쓴 편지를 돌려받은 날   **164**

차도 한복판을 걷고 있는 노인을 목격한 날   **168**

멧돼지에 대해 들은 날   **171**

옛 시절 소환의 날   **175**

신혼집을 보러 다닌 날   **180**

뒷산 꿀밤나무 이야기를 들은 날   **185**

근사하지 않아도,

조용히 흘러가 버렸어도

나에게 아무것도 아닌 날들은 없었다.

동네 잔칫날

엄마와 나는 동네 초입에 자리한 담뱃집을 지나 집으로 돌아가던 길이었다. 명옥이네 집 앞에서 홀연 걸음을 멈춘 엄마는 요지부동이었다. 그날은 명옥이네 집 마당에 모여 돼지를 잡는 날이었다. 쩔그렁쩔그렁. 사람들이 챙겨 온 연장 소리가 크게 들려왔다. 구경을 하고 선 어른들은 동네 아이들이 그 광경을 볼 수 없도록 돼지가 갇힌 철창을 에워쌌다. 아이들은 마당에서 벌어지게 될 일이 궁금했다. 누군가는 제 아빠의 목마를 타기 위해 안간힘을 썼고, 누군가는 따라 나온 제 엄마에게 혼쭐이 났다. 집으로 맥없이 쫓겨 가기 싫었던 조그맣고 새까만 머리통들이 할 수 있는 일이란, 마당 안에서 벌어지는 일을 소리로라도 상상하는 것이었다. 햇볕과 과한 노동으로 새카맣게 단련된 동네 청년들의 쇠방망이가 웅웅 소리를 낼 때마다 꽤액, 꽤액 돼지의 악다구니가 철창 밖으로 새어 나왔다. 이마의 주름을 불뚝대며 노인들은 뻐끔뻐끔 담배를 피워 물었다. 사람들의 소요에도 아랑곳 않고 마당 안에서 벌어지는 장면에 홀연 사로잡힌 엄마를 보자 덜컥 겁이 났다.

"집에 가자아."

공기를 타고 뜨끈하고 비릿한 냄새가 훅 끼쳐 왔다.

"어? 어. 잠깐만."

엄마는 자신이 어렵게 선점한 자리에서 한 발자국도 물러날 생각이 없어 보였다.

"가자, 가자아."

엄마는 도끼보다 더 날카로운 눈으로 나를 흘긋거렸다.

"왜 이렇게 졸라 싸. 그라지 말고 니 먼저 집에 가 있을래?"

"시래."

엄마의 바지춤을 움켜쥔 채 도리질을 치다 말고 꽤애

애액 비명이 터져 나오는 방향으로 조그만 몸통을 구겨 넣은 것은, 나 역시 소요가 이끄는 쪽으로 참을 수 없이 호기심이 일었던 탓이다. 그렇게 구경꾼과 구경꾼 사이, 동요와 동요의 틈새로 마당의 풍경이 서서히 드러났다.

녹슨 철창, 그 속에는 사람의 피부색과 거의 흡사한 연한 살색의 돼지 한 마리가 갇혀 있었다. 쫑긋댈 힘을 잃은 듯 한풀 꺾인 귀, 킁킁대며 마지막 숨을 몰아쉬느라 벌름거리던 콧구멍, 누군가 휘두른 칼의 흔적이 남아 있는 두툼한 가슴 죽지. 철창 바닥에 깔려 있던 피범벅의 오물에는 파리가 웽웽거리며 날아다니고 있었다. 그때 누군가 마지막 일격을 가하듯 돼지 목덜미에 다시 한 번 도끼날을 박아 넣었다. 나는 소리도 지르지 못한 채 질 끈 눈을 감았다. 가까스로 눈을 떴을 때, 엄마의 손에 질 질 끌려가다시피 집으로 돌아가고 있었다. 명옥이네 집 과 우리 집 사이, 그리 멀지 않은 비포장도로를 종종거리 며 걸어오는 동안 엄마는 자꾸만 이렇게 되뇌었다.

"미안하대이, 미안하대이."

유치원 졸업사진 찍던 날

　　유치원 졸업식을 앞두고 원내에서 조그만 다과회가 열렸다. 그날은 어찌 된 일인지 할머니가 아닌 엄마가 모임에 나왔다. 학부모 모임이나 유치원 관련 행사가 있을 때마다 농사일로 바쁜 엄마를 대신해 나를 보살핀 건 할머니였다. 그랬기에 학부형 무리에서 물과 기름처럼 겉도는 엄마에게 자꾸만 눈길을 주던 기억이 난다.

　　시골 동네에서 아빠와 함께 특수 작물 농사를 지으며 아이 넷을 키웠던 엄마는, 척박한 환경에서 살아내느라 심적·물적 여유가 없었다. 그러다 보니 무언가를 해 달라고 조르는 법 없이 고분고분 말 잘 듣는 자식 역할을 담당한 셋째 딸인 내게까지 엄마의 사랑이 풍족하게 미칠 리 없었다. 그날 다과회에 차려진 초코파이며 쿠크다스에 거의 손을 대지 않았다. 엄마의 치맛단을 잡고 졸졸 따라다니느라. 언제든 엄마는 바쁨을 핑계 삼아 그 자리를 떠날 수 있는 사람이었으니까.

다과회가 끝나고 운동장 한편에 웬 봉고차 한 대가 서 있는 게 보였다. 같은 반 친구는 서른 명 남짓, 그중에서도 가장 친했던 아이가 제 엄마와 봉고차를 타다 말고 손짓했다.

"니는 안 가나?"

"어. 근데 니는 어디 가나?"

"사진관. 오늘 박사 사진 찍는 날이래."

알고 보니 그날은 유치원 졸업사진을 찍는 날이었다. 방이나 거실 한쪽 벽에 걸리는 박사모를 쓴 졸업식 증명사진 말이다. (훗날 그 증명사진을 친구네 집 거실에서 본 적이 있다. 사진 속 친구의 표정은 이 모든 과정이 조금도 신나지 않는 듯 어쩐지 심드렁해 보였다.)

가만 보니 친구는 원복을 제대로 다려 입고, 머리도 예쁘게 땋은 모습이었다. 곱게 땋은 머리는 그날 단 하루를 위한 것인 듯 보였다. 늘 손쉬운 관리를 위해 단발머리를 고수했던 나는 친구를 보낸 후 시시각각 변해 가는 엄마의 표정을 가만가만 살펴야 했다. 눈도 제대로 마주치지 않고 기우뚱 서서 딴 데를 바라보는 엄마를 보고서야 알아챘다. 졸업사진 신청 명단에 내 이름은 없다는 것을.

친구들 중 절반이 사진관으로 가는 봉고차를 탔고, 나머지는 운동장에 남았다. 남은 사람들은 흙먼지를 포르르 일으키며 떠나가는 봉고차의 꽁무니를 하염없이 바라보았다. 그날, 엄마는 발목까지 오는 긴 검정색 치마 위에 누빔으로 된 짙은 분홍색 잠바를 입고 있었다. 아니다. 사실 이 기억만큼은 확신할 수 없다. 엄마는 치마보다는 바지를 더 많이 입는 사람이었으니까. 누빔으로 된 잠바의 무늬만 선명히 떠오를 뿐, 엄마의 표정이 어땠는지는 잘 기억나지 않는다. 그때 나는 엄마를 쳐다보지 않았다. 마음에서 끓어오르는 뜨거운 기운이 누군가를 향하고 있는지는 불 보듯 뻔했으니까. 메말랐던 눈가가 차츰 젖어 들기 시작했다. 평소라면 가늘고 섧게 이어지는 울음소리를 듣고 괜스레 야단을 놓았겠지만 엄마는 웬일인지 그러지 않았다. 등을 보인 채 무릎을 꿇고 앉아

이렇게 말했다.

"어부바."

쉬 업히지 않을 요량이었다. 엄마의 등이 얼마나 따뜻한지 잘 알아서, 그 등마저도 두 살 아래 남동생에게 밀려 내 차지가 되지 않는다는 사실을 잘 알아서. 그것은 알량한 자존심이었을까? 하지만 나는 버티지 못하고 업혔다. 한 마리의 새끼 고라니처럼 업힌 채 참았던 울음을 아주 길게 쏟아냈다. 엄마는 곧장 집으로 가지 않았다. 우리는 해를 등진 채 천변을 따라 느릿느릿 긴 산책을 떠났다.

친척 어른에게 혼난 날

대가족이 모여 살던 본가에 대구에 사는 먼 친척 어르신이 방문했다. 식사 때가 되어 밥상에 둘러앉았는데 밥상머리에서 그가 내게 핀잔을 주기 시작했다.

"니 이름이 뭐로?"

"예지요."

"아, 니가 애지가?"

"애지가 아니고 예지요."

"아, 그래 애지. 근데 니 왼손잡이가?"

"아, 예."

"가시나가 어디 복 새나가그로 왼손을 쓰고 그라노. 거참, 별종이대이."

대구에서 온 친척 어르신은 부르고 싶은 대로 내 이름을 부른 후, 왼손 수저질을 처음 목격한 듯 새된 억양에 힘을 실었다.

　　"니 그래가 시집가겠나? 어른들한테 예쁨 받고 싶으면 얼러 고치래이. 천하 보기 싫대이."

　　일곱 살이나 되었을까? 어린아이에게 왼손을 쓴다는 이유만으로 사람들에게 사랑받을 수 없다고 가르치는 건 너무나 가혹한 일이었다. 끝내 밥그릇을 비우지 못한 나는, 멋쩍은 얼굴로 슬금슬금 사람들의 시선 밖으로 물러나 버렸으니까.

　　이후 일가친척 어르신이 집을 방문하는 날, 사람들이 한데 모여 밥을 먹는 자리는 불편함으로 각인되었다. 무가 많이 들어간 맛있는 고등어조림, 새콤한 초장에 찍어 먹으면 밥 한 그릇쯤 금세 뚝딱하고야 마는 오징어숙회를 맛보는 흔치 않는 기회가 와도 마찬가지였다. 오른손을 사용하는 모든 사람이 제약 없이 서둘러 반찬을 향해 전투적으로 젓가락을 가져가는 순간에도, 나의 왼손은 고등어의 통통한 속살로 손쉽게 나아가지 못했다. 누군가는 꼭 한마디씩 불퉁거렸다.

"상도 비잡은데 고마 오른손으로 묵는 연습 좀 해 보제?"

"오른손으로 먹는 건 영 편치 않갖꼬요."

입 속 밥알을 채 삼키지 못한 채 모기만 한 목소리를 내면,

"니는 와. 노력도 안 해 보고 못 한다고 그라노."

매몰찬 한마디가 기어이 날아왔다. 그 말은 서러운 기억으로 마음에 박혔다. 그때는 그랬다. 내가 왼손잡이라는 사실이 왜 그렇게 어른들을 불편하게 만드는지 이해가 되지 않았다. 그저 나는 왼손을 쓰는 것이 오른손을 쓰는 것보다 훨씬 편한 아이였을 뿐인데. 그런데 시간이 좀 더 지나서 알게 됐다. 오른손보다 왼손이 훨씬 발달했다는 것을. 왼손으로 쓰던 글씨를 오른손으로 억지로 교정한 것은, 누군가에게 책이라도 잡힐까 염려하던 부모님의 얼굴 때문이었다. 물론 아무리 노력해도 되지 않는 것이 있었다. 가위나 칼 등의 집기를 잡는 손, 팔씨름을 할 때 힘이 실리는 손은 당연하게도 '왼손'이었다.

스무 살 때였다. 대학교 오리엔테이션에서 한 학과 선

배가 강압적으로 술을 따랐고, 왼손으로 술잔을 받아든 나는 이것을 마셔야 할지 말아야 할지 고민하고 있었다.

"오, 너 왼손잡이? 왼손잡이들 졸라 특이하지 않냐?"

그는 주변에 앉아 있던 몇몇 동기에게 동의를 구했고, 선배의 질문에 대답하는 족족 낯설고 생경한 사투리 억양 때문에 곤란해지는 나를 대화의 중심에 기어이 끌고왔다. 조금도 신기할 것 없는, 고작 왼손잡이 한 명이 뭐가 그리 별나 보였을까? 그는 골뱅이무침 속 골뱅이를 골라내기 위해 왼손 젓가락질을 흉내 내다 말고 웃음을 터트렸다.

"아, 이건 도저히 못 따라 하겠다. 내 왼손 고자인 줄."

선배의 어설픈 왼손잡이 흉내에 박장대소하던 사람들. 그때 숨을 꼭 참고 받아 마신 한 잔의 소주는 유독 썼다. 그날 밤, 나는 그들을 떨쳐내지 못한 채 학교 앞 노래방까지 기어이 따라나섰다. 그러고는 누군가 신청한 패닉의 노래 '왼손잡이'를 목청껏 불렀다.

"하지만 때론 세상이 뒤집어진다고. 나 같은 아이 한 둘이 어지럽힌다고. 모두 다 똑같은 손을 들어야 한다고. 그런 눈으로 욕하지 마. 난 아무것도 망치지 않아. 난 왼손잡이야."

크리스마스트리를 만들던 날

크리스마스를 앞둔 오후, 이가 빠진 낡은 톱 한 자루를 짊어진 큰 언니를 필두로 네 남매는 집을 나섰다. 크리스마스트리로 쓰기 적합한 소나무를 구하기 위해서였다. '크리스마스트리 찾기 대모험'에 나선 네 남매는 다행히 얼마 지나지 않아 상대* 길목에서 소나무 한 그루를 발견했다. 누군가에 의해 밑동이 잘린 어마어마한 크기의 소나무는 네 남매가 힘을 합쳐 둘러메기 버거울 정도로 무거웠다. 우리는 초인적인 힘을 발휘해 그것을 끌다시피 하면서 흙먼지 이는 비포장도로를 따라 집

---

* 본가에 있는 앞산 언덕배기 이름

이름 지어 주고 싶은 날들이 있다

으로 돌아왔다.

　크리스마스트리를 만들고 싶었다. 영화 〈나홀로 집에〉에서 봤던 화려한 오너먼트, 색색의 공, 붉은색·은색 깃털로 한껏 단장한 크리스마스트리를 닮은. 하지만 소나무는 비포장도로의 자갈에 쓸린 나머지 이파리가 너덜너덜해질 대로 너덜너덜해진 패잔병 그 자체였다. 우리는 소각장 더미에서 주워 온 타다 만 커다란 꿀통에 돌과 자갈을 채웠다. 아무리 일으켜 세우려 해도 중심을 잃고 쓰러지는 소나무를 일으켜 볼 심산으로. 지나치게 가지가 풍성했던 소나무는 기우뚱 서 있다 제 무게를 못 이겨 쓰러지길 반복했다. 짧은 겨울 해에 손등이 다 터졌고, 호기롭게 따라나섰던 어린 남동생은 짜증이 일었는지 울음을 터트렸다. 결국 그날 크리스마스트리 만들기를 포기했다.

　고향을 떠난 후 도시의 크리스마스 풍경을 볼 때마다 끝내 크리스마스트리를 만들지 못한 날이 떠올랐다. 도시의 크리스마스는 어쩌면 이토록 근사할 수 있을까 싶었다. 거리에는 머라이어 캐리의 'All I want for christmas is you'와 박효신의 '눈의 꽃'이 자주 울려 퍼졌다. 화려한 네온사인으로 갈아입은 영등포 롯데백화점과 명동의 신세계백화점 건물은 마치 대형 크리스마스트리 같았다. 내가 경험한 도시의 크리스마스 풍경은 메인 요리가 나오기 전에 서비스로 제공되던 아웃백의 식전 빵처럼 따스했다. 갓 나온 빵을 베어 물 때 이 사이사이에서 느껴지는 포근한 감촉 같은 것. 내게 '식전 빵 먹기'는 도시의 크리스마스라는 근사한 메인 요리를 즐기기 전, 반드시 거쳐야 할 하나의 의식처럼 여겨졌다.

아웃백에서 서비스를 담당하던 직원들은 무릎을 꿇은 채로 주문을 받았다. 우리의 지속적인 요구에도 식전 빵을 가져다주던 또래의 종업원. 스무 살이 되어 경험한 패밀리레스토랑의 생소한 풍경 앞에서 처음으로 느낀 감각은 '부드럽고 달콤하다'였다. 내겐 따끈한 빵이 서비스로 계속 나온다는 사실도 신기했고, 아무렇지 않게 그것을 더 달라고 요구하는 친구들도 대단해 보였다. 지나친 친절에도 전혀 위축되지 않는 친구들의 당당한 표정. 어릴 때부터 이런 문화를 자연스레 누려 왔을 그들은 그것을 향유하는 데 조금도 거리낌이 없어 보였다.

가까이 있지만 손에 잡히지 않는 낯선 도시의 풍경 앞에서, 나는 언제나 거인의 세상에 함부로 내던져진 난쟁이가 된 기분을 느꼈다. 그럴 때면 친구의 디지털카메라 앞에서 수선을 떨며 더욱 크게 웃었다. 광대를 한껏 치켜올린 채 최적화된 포즈를 짓다 보면 성냥팔이 소녀가 불을 켜고 들여다보려 했던 따뜻한 난로, 화려한 만찬, 크리스마스트리가 마치 내 것인 양 우쭐해지곤 했다. 물론, 촛불은 금세 꺼졌다.

풍금으로 아라베스크를 들은 날

전학생을 처음으로 만난 날, 그 아이가 못생겼다고 생각했다. 부산에서 전학 온 그 애는 새하얀 피부를 가진 탓에 종종 뺨 위의 주근깨가 도드라져 보였다. 꼬불거리는 파마머리를 포니테일로 질끈 동여맨 채 시골 마을에서 보기 힘든 꽃무늬 원피스를 매일같이 입고 등교를 했다.

그 무렵 운동장을 점령한 남학생들은 축구에 힘을 쏟느라 전학생에게 별달리 관심이 없었다. 하지만 여학생 중 일부는 저 아이의 통통한 몸매와 꽃무늬 원피스가 어울리지 않는다고 노골적으로 말했다. 대놓고 따돌리는 짓은 하지 않았지만, 부산 사투리를 귀엽게 사용하는 그 아이에게 반 여학생들 대부분은 은근히 차갑게 굴었다. 아이들은 외지에서 온 전학생에게 심드렁했고, 자신들의 무리와 자연스레 어울릴 수 있도록 마음을 열지 않았다.

그러던 어느 날, 전학생이 재학생에게 눈도장을 찍는 일이 생겼다. 교탁 옆 풍금 앞에서였다. 쉬는 시간이면, 풍금 앞은 여자애들이 피아노 학원에서 배워 온 저마다의 멜로디를 연습하는 공간으로 탈바꿈했다. 점심시간에는 풍금을 점령하기 위한 소리 없는 쟁탈전을 벌였다. 일제히 몰려 나간 아이들로 풍금 앞이 어수선해지면, 반에서 목소리가 제일 큰 여자애가 나서서 연주 순서를 정해 주었다. 낡은 페달을 가진 풍금은 열한 살 소녀들의 역동적인 에너지를 감당하느라 종종 비거덕거렸다. 그 덕분에 한동안 교실에서는 '고향의 봄', '흰구름', '아기 염소', '저녁노을' 등 수없이 들어 왔던 익숙한 멜로디가 울려 퍼지며 생생한 활력이 감돌았다.

낡은 풍금이 전학생에게 넘어간 건 반복적인 멜로디에 싫증을 느낀 아이들이 새로운 연주자를 물색할 때였다. 그 순간 전학생이 풍금 앞에 앉은 것이다. 전학생은 자신을 향한 반 아이들의 의심 가득한 시선 따윈 아랑곳 않고, 고요한 의식을 치르듯 손마디를 풀기 시작했다. 풍금은, 이윽고 한 번도 들어 보지 못한 멜로디를 연주했다. 낡아서 비거덕거리던 풍금이 전학생의 손을 타자마자 무대 위 그랜드피아노로 순식간에 탈바꿈했다. 베토벤의 '엘리제를 위하여'는 기본이었다. 그날 나의 뇌리에 각인된 전학생의 연주곡은 바로 부르크뮐러의 '아라베스크'였다. 달걀을 움켜쥔 듯한 정석의 포즈로 기세등등하게 연주를 끝마쳤을 때, 나도 모르게 엉덩이를 박차고 일어났다.

우리는 집 방향이 같아 가끔 하드를 사 먹으며 함께 하교했지만, 전학생에게 갑작스럽게 생겨 버린 호감을 쉽사리 드러내지는 못했다. 그나마 친해지기 시작한 건, 그해 여름방학을 앞두고 진행된 교내 웅변대회에 학년 대표로 함께 참여하면서부터였다. 우리는 방과 후 교실에 남아 대본을 연습하는 모습을 지켜봐 주곤 했다. 사람들 앞에 나서는 것을 그다지 두려워하지 않았던 전학생은 5, 6학년 언니 오빠들을 제치고 1등을 했다. 나도 성적이 나쁘지 않았지만(3등을 했다), 1등인 전학생의 실력과는 비교조차 되지 않았다.

전학생과의 우정은 오래 이어지지 않았다. 웅변대회 결과를 축하하기 위해 놀러 나간 시내 대로변에서 내가 교통사고를 당했기 때문이다. 여름방학 내내 족쇄처럼 차고 있던 발목 붕대를 풀고 개학에 맞춰 등교했을 때, 전학생은 이미 부산으로 돌아간 후였다. 부산으로 다시 가 버린 이유를 어느 누구도 정확하게 설명하지 못했다. 다만, 그 시절에는 그런 아이들이 제법 많았다. 경제적인 이유로 시골 조부모 집에 맡겨진 아이들, 맞벌이하는 부모의 사정에 따라 방학이면 철새처럼 한철 시골에 머물다 도시로 떠나는 아이들.

지금은 그 전학생의 이름조차 생각나지 않는다. 그런데 어떤 상황에서도 움츠러들지 않는 사람을 만날 때, 그런 사람과는 반대로 아주 사소한 상황에 움츠러드는 나를 볼 때, 풍금 앞에서 누구도 기대하지 않았던 연주를 위해 통통한 손마디를 풀던 전학생의 담담한 표정을 소환해 본다. 연주를 끝낸 후, 송골송골 맺힌 이마의 땀을 닦으며 자신의 자리로 돌아가는 전학생의 주근깨 가득한 얼굴, 입가를 물들이는 잔잔한 미소…. 가끔 생의 모서리에 부딪혀 이 빠진 풍금처럼 마음이 비거덕거리는

소리를 낼 때마다 전학생이 연주하던 '아라베스크'의 힘
찬 선율을 떠올리곤 하는 것이다.

열한 살의 여름방학 1

       고막을 찢을 듯 울려 퍼지던 브레이크 파열음. 묵직한 동체(動體)가 가한 충격. 뜨겁게 달아오른 아스팔트 위로 무참히 나동그라진 몸. 목이 터져라 내 이름을 부르는 친구들의 목소리. 눈을 똑바로 뜬 채 올려다본 하늘. 비이상적으로 느릿느릿 흘러가던 구름. 횡단보도를 건너다 홀연 멈춘 사람들. 벌떼처럼 웅웅거리는 사람들의 말소리. 인도에 길게 그늘을 드리운 플라타너스. 널따란 이파리 사이로 비쳐 들던 뜨거운 한 줌의 빛. 모든 소요를 삼켜 버린 듯 그악스럽게 울어 대던 매미 소리.

    열한 살의 길고 긴 여름방학이 시작되고 있었다.

열한 살의 여름방학 2

시내의 중앙병원으로 실려 간 후, 뇌와 흉부 CT를 비롯한 각종 검사가 끝난 것은 저녁 식사가 끝났을 무렵이었다. 한창 일일 드라마를 볼 때라 그랬는지 들것에 실려 병실로 옮겨지는 동안 사람들은 내게 별달리 관심을 보이지 않았다. 이튿날 아침, 회진을 돌던 담당의사가 전한 '다발성 타박상', '인대 손상'과 같은 말은 하나도 귀에 들어오지 않았다. 사고 전, 나는 운동회에서 이어달리기 계주 선수로 뽑힐 정도로 달리기를 곧잘 했던 터라, 다리 상태가 예전으로 언제쯤 되돌아갈 수 있을지가 궁금했다(불행히도 나는 사고 이후 계주 선수를 하지 못하게 됐다).

10인실 병실에는 노인 환자가 대부분이었다. 그렇게 가까이에서 병들고 아픈 사람들을 많이 본 것은 그때가 처음이었다. 식사를 하거나 드라마를 보기 위해 비스듬히 누워만 있느라 뒤통수가 납작하게 눌린 사람들의 낯빛은 햇빛을 보지 못해서인지 푸르뎅뎅했다. 칫솔, 치약, 비누와 옷가지 등의 비품을 넣어 두는 개인 서랍장엔 저마다 크고 작은 차이는 있었지만, 당시 인기 음료였던 코코팜, 포도봉봉, 쌕쌕이가 들어 있었다.

병원의 아침은 고요했다. 할머니들은 아침 식사를 하면서 그제야 어린 환자의 출현을 호기심 어린 눈으로 살폈고, 엄마는 젊은 새댁으로 불리며 온갖 질문 세례를 받았다. 시골 동네에 사는 아이가 어쩌다 시내까지 놀러 나와 교통사고를 당하게 됐는지 다들 궁금해했고, 엄마는 수줍음 많은 딸의 대변인 역할을 기꺼이 자처했다. 병원까지 나를 데리고 온 사람이 사고 목격자였던 택시 기사 아저씨임을 언급하며 엄마는 그를 은인이라고 말했다. 이어지는 어른들의 대화를 통해 사고를 낸 당사자가 중학교 교사라는 사실을 알게 되었지만 그뿐이었다. 그날은 그저 다른 가족도 아닌 내가 엄마의 주요 관심사가 되었다는 사실이 마냥 기뻐, 어른들 입에서 사고 당일의 충격이 어떤 식으로 오르내리든 크게 신경을 쓰지 않았다.

나에 대한 관심은 차츰 수그러졌다. 할머니 한 분이 퇴원한 자리에 급성 맹장염으로 열 살 미선이가 들어오고 나면서부터였다. 미선이의 엄마는 목소리가 컸고, 이야기를 맛깔나게 하는 사람이었다. 무엇보다 7월 중순, 선풍기 몇 대로 버티고 있던 뜨거운 여름날의 병실에서는 모두들 더위를 쫓느라 여념이 없었다.

그러던 어느 날, 기진맥진한 가운데 한낮의 단잠을 즐기고 있을 무렵이었다. 남자 중학생 한 명이 느닷없이 출현했고, 병실 안의 공기는 미묘하게 달라졌다. 자신을 반년 넘게 입원 중인 병실 출입문 옆자리 할머니의 손자라고 소개하는 중학생 오빠를 본 순간(그의 이름은 기억나지 않는다), 무릎부터 발목까지 이어지는 묵직한 통증을 새카맣게 잊고 꼴깍꼴깍 마른 침만 삼켰다. 아이스데님 재킷에 청바지를 멋스럽게 매치한, 까무잡잡하고 매끈한 피부의 중학생 오빠는 크로스백에서 테이프를 꺼낸 후 보조 침대 아래 넣어 둔 카세트 플레이어에 끼워 넣었다.

끼익, 끼익. 몇 차례 테이프 씹는 소리가 들리는가 싶더니 생전 처음 들어보는 경쾌한 멜로디가 흘러나왔다. 할머니와 어린 소녀들이 점령한 조용한 병실에 울려 퍼진 노래가 그해의 메가 히트곡인 서태지와 아이들의 '난 알아요'라는 것을, 나는 미처 알아채지 못했다.

옆 병동에 입원한 고등학생 언니가 우리에게 관심을 보이기 시작한 것이 정확하게 언제부터인지는 기억나지 않는다. 입원한 지 꽤 오래되었다는 사실을 할머니의 보호자였던 중학생 오빠를 통해 들었지만, 미선이도 나도 그 언니에 대해 아는 것이 별로 없었다.

병원 생활에 익숙해졌을 무렵, 나는 엄마 없이 낮 시간을 혼자 보내도 될 정도가 되었다. 미선이의 엄마 역시 자리를 자주 비웠는데, 그때마다 언니는 미선이와 나를 병실 밖으로 불러냈다. 당시 미선이는 수술 후 방귀가 막 나온 상태였고, 나는 휠체어를 탈 때였다. 언니는 휠체어를 선뜻 밀어 주며 1층 휴게실까지 우리를 데려가 바람을 쐬어 주곤 했다.

겉으로 봐서는 멀쩡한 언니가 어떤 사고로 병원에 온 것인지 궁금했지만 부러 묻지 않았다. 보통의 고등학생이었다면 여름방학 보충수업을 듣고 있어야 할 시기였다. 나는 언니가 '날라리'일 거라고 추측했다. 한편으로는 핏기 없이 하얀 얼굴과 가느다란 목선을 가진 언니에겐 모르긴 몰라도 미선이와 내가 이해할 수 없는 애달픈 사연이 몇 가지쯤 있을 것이라고 생각했다.

병원의 하루는 유독 길었다. 교통사고와 함께 시작된 여름방학은 구름처럼 느리게 흘러가는 중이었다. 중학생 오빠가 틀어 놓은 라디오에 귀 기울이거나, 창밖을 내려다보며 하릴없이 시간을 보내는 일이 전부였던 우리는 언니를 만난 후부터 조금씩 병원이란 공간을 산책하듯 돌아다니기 시작했다. 흰색 근조화환이 늘어서 있던 장례식장에서부터 노란색 물탱크가 놓여 있는 옥상까지. 호기롭게 따라나섰다가 상주들의 울음소리에 바짝 얼어붙어 장례식장 안까지는 들어가 보지 못했지만, 문을 열면 탁 트인 파란 하늘이 보이는 옥상만큼은 뻔질나게 드나들었다. 그때마다 언니는 종종 난간 위에 아슬아슬하게 팔을 기댄 채 건물 아래를 하염없이 내려다보곤 했다.

　그날도 우리는 옥상에 갔다. 땡볕에 서 있으면 살이 탄다는 제 엄마의 성화에 미선이는 함께 오지 못했다. 그날, 둘만 있던 옥상에서 언니는 조금 이해할 수 없는 말들을 내뱉었다. 아이는 커서 어른이 되는데, 그 변화가 몸을 통해 나타난다고. 자신 역시 그걸 온몸으로 체험하는 중이라고. 그쯤에서 대화가 끝났으면 좋았겠지만, 언니는 몸의 변화가 어떤 식으로 나타나는지를 여성의 가슴에 빗대어 구체적으로 설명하기 시작했다. 그것은 엄마와 두 언니, 학교에서도 해 주지 않은 이야기였다. 유륜과 유두라는 단어가 먼 이국의 말처럼 들려올 때쯤, 어느 결에 언니는 환자복의 단추를 풀어헤쳐 자신의 가슴을 보여 주었다. 언니의 가슴은 엄마의 가슴보다는 훨씬 작았지만, 멍울조차 품지 않은 밋밋한 내 것과는 비교할 수 없을 정도로 봉긋하게 솟아 있었다. 언니의 예기치 못한 행동에 당황한 나는 '어어' 하는 소리를 내며 뒷걸음질 쳤다. 아무렇지 않은 표정으로 환자복을 추스른 언니는 다시 난간에 팔을 기대어 서서 하염없이 건물 아래를 내려다보았다.

나는 해소되지 않는 의문을 품고 병실로 돌아왔다. 다음 날, 언니는 우리를 부르지 않았다. 중학생 오빠와 미선이와 있을 때는 생각 없이 놀 수 있어 좋았는데, 옥상 사건 이후 내가 속했던 것들로부터 조금씩 멀어지는 기분을 느꼈고, 그것은 더는 언니와 어울리고 싶지 않은 이유가 되었다.

상처 난 곳을 드레싱한 후 항생제로 버티던 시기가 지나가고, 다리에는 부목과 깁스가 더해졌다. 발에 힘이 돌자 천천히 운동하듯 병원 복도를 걸어 다닐 수 있게 되었다. 그러는 동안 언니가 퇴원을 했는지, 그게 아니라면 병실을 옮겼는지 모를 날들이 흘러갔다. 그 사이 중학교 선생님이 두 차례 정도 병문안을 와서 다음과 같은 말을 남겼다.

"학생의 본분은 공부란다. 그러니 이제부터 공부 열심히 해라."

나는 미선이가 퇴원하고, 할머니 환자만이 남은 병실에서 일주일을 더 입원해 있었다. 병실에서 할 수 있는 일은 딱히 없어서 선생님이 선물해 준 책을 반복적으로 읽었다. 퇴원을 하던 날, 중학생 오빠는 아쉬움이라고는

눈곱만큼도 찾아볼 수 없는 장난기 어린 표정으로 깁스
한 다리에 메시지를 남겼다.

퇴원 축하! 얼른 나갓!

매직으로 휘갈겨 쓴 '얼' 자리의 'ㄹ'이 희미해질 무
렵, 깁스를 완전히 풀었다. 찌든 때가 켜켜이 쌓인, 왼발
과는 확연히 달라진 굵기의 오른발로 땅을 딛고 섰을 때
바닥이 울렁거리듯 올라와 엉거주춤 주저앉았다. 엄마의
부축을 받으며 절뚝절뚝 병원 문을 나서던 날, 마치 다른
세계의 문을 통과하는 것만 같은 이상한 기분을 느꼈다.

타임캡슐을 묻은 날

　　선생님이 교탁 위에 올려놓은 물건은 우리가
기대한 타임캡슐의 모습과는 거리가 멀었다. 붉은빛이
도는 조그만 항아리였는데, 그것은 반 아이들의 장래희
망이 적힌 종이컵 해바라기꽃[*]을 넣을 특별한 용기라기
보다는, 속은 보드랍고 겉은 구덕구덕하게 마른 된장 한
통이 들어가는 게 더 어울릴 것처럼 보였다.

　우리는 수돗가를 없애고 급식실이 들어설 자리, 콘크
리트 타설 공사가 한창 진행 중인 바닥에 '타임캡슐 묻

---

[*] 종이컵 옆면을 여러 갈래로 길쭉하게 자른 후 하나씩 펼쳐 해바라기 모양으로
　　만든 것

기'를 할 계획이었다. 특별한 이벤트인 만큼 반 아이들의 기대가 컸는데 한눈에 보기에도 된장독이라고밖에는 설명이 안 되는 항아리의 등장에 여학생들은 동요하기 시작했다. 반면, 남학생들은 된장독이든 타임캡슐이든 무슨 상관이냐는 얼굴로, 서둘러 이 골치 아픈 이벤트가 끝나기만을 기다리고 있었다.

서른네 명의 아이들은 교실에 얌전히 앉아 타임캡슐에 들어갈 해바라기꽃을 만들었다. 대부분의 친구들은 진지한 표정으로 의사나 변호사를 적거나, 고민하기도 귀찮다는 듯 과학자나 우주비행사를 적었다. 짝꿍의 꿈을 흘끔거리다 못해 베끼는 친구들도 있었다. 나는 종이컵 바닥에 세 글자의 장래희망을 별 의미 없이 적어 내려갔다. 들키고 싶지 않은 마음 반, 들켜도 상관없다는 마음 반이었던 건, 땅속 깊숙이 묻어 버릴 꿈이어서였다. 그 위에 급식실이 들어서면 적어도 건물이 무너지기 전까지 내 꿈이 발설될 일은 없었다. 그런데 종이컵 해바라기꽃을 항아리 속에 넣기 전, 호기심 많은 한 남학생에게 들통나고야 말았다.

"오, 류예지!"

"왜왜? 쟤는 뭐라 썼는데?"

이왕 이렇게 된 김에 속 시원히 들켜 버리자 싶었다. 내 인생 통틀어 가장 단순한 사고로 살던 때라 아무렴 어떤가 하는 마음에서였다. 다채로운 꿈들이 내장된 슬롯머신을 돌리다 얻어걸린 것 중 하나를 쓴 것에 불과했으므로. 진정성이 결여된 꿈이었다. 놀라운 건 종이컵 바닥에 써 놓은 세 글자를 확인한 친구들의 반응이었다. "푸하하. 거울은 봤나? 니 주제를 알아야지?" 하는 친구는 없었다. 아예 이루어질 가망성이 없는 만큼, 입 아프게 놀릴 필요가 없다는 생각이었거나, 남의 꿈을 대놓고 무시할 정도로 못된 심성을 가진 아이가 없었거나. 그런 허황된 꿈을 눈 하나 깜짝하지 않고 꾸기도 할 때였으니까.

내가 종이컵 바닥에 쓴 꿈은 '탤런트'였다(이제 나의 꿈은 만천하에 공개됐다). 당시 인기리에 방영 중인 드라마 〈사랑을 그대 품안에〉에 너무 심하게 감정몰입을 한 탓인지도 몰랐다. 도수 높은 안경을 쓴 채, 우둘투둘 올라오기 시작한 좁쌀 여드름을 쥐어짜며 수십 번씩 꿈을 꾸었다. 백화점 경영 싸움에 휘말려 고군분투를 하는 중에도 틈틈이 백화점 말단 여직원에게 열렬히 애정 공세를 펼치는 재벌 2세를 보면서 이루지 못할 꿈을 참 많이도 꾸었다.

사실 진짜 들키고 싶지 않은 꿈은 따로 있었다. 말하고 나면 이루어지지 않을까 봐 내내 마음을 졸인 꿈…. 드라마처럼 희로애락이 있는, 더 정확히는 내 안에 차오르는 많은 말들을 근사하게 표현해 내는 사람이 되고 싶었다. 그즈음 나름대로 방법을 찾기 위해 학교 도서실을 자주 들락거렸고, 글을 쓰는 사람에 대한 호기심은 막연히 커져만 갔다. 그러면서 글 쓰는 사람, 즉 소설가(나에게는 소설가가 곧 작가였다)는 너무나 이루고 싶은 나머지 시치미 뗀 얼굴로 가장 나중에 말하고 싶은 '꿈 중의 꿈'이 되었다. 얼렁뚱땅 '탤런트'를 쓴 것은, 그때는 탤런트보다 작가가 되는 일이 훨씬 더 어려워 보여서였다(각고의 과정을 거쳐 배우가 되신 분들께 심심한 사과를 드립니다).

장래희망이 적힌 종이컵 해바라기꽃은 타임캡슐과 함께 봉인되었다. 그리고 폐교가 되어 버린 초등학교, 억새풀이 웃자란 콘크리트 바닥 아래 납작하게 묻혀 있다. 타임캡슐을 묻은 날로부터 오랜 시간이 지난 지금, 나는 어쩌면 영원히 발견되지 못했을 꿈에 대해 쓰는 사람이 되었다. 아주 가끔은 헷갈린다. 나는 꿈을 이룬 것일까? 혹은 이루지 못한 것일까? 한 문장, 한 문장 공들여 쓸수록, 글을 쓰는 일은 더욱 어렵게만 느껴져 이제야 제대로 부끄러움을 알게 된 사람처럼 나의 얼굴은 자꾸만 자꾸만 빨개진다.

● 둘째 고모의 죽음을 마주한 날

　　중학교 2학년 여름, 둘째 고모가 갑작스레 돌아가셨다. 일본에서 자신의 사업체를 조그맣게 운영하고 있던 그가 죽었다는 연락을 받은 날, 할머니는 그대로 주저앉았다. 아빠와 삼촌은 일본으로 떠났다.

　　둘째 고모의 유해는 일주일 만에 분홍색 보자기 속 작은 항아리가 되어 집으로 돌아왔다. 물기를 잔뜩 머금은 먹구름이 시시각각 그늘을 드리우던 초여름 날이었다. 뜨겁고 후텁지근했던 하굣길, 지금은 폐차해 버린 에스페로(우리 집의 첫 승용차였다)의 뒷좌석에 놓여 있는 둘째 고모의 유해를 한참 동안 바라보았다. 눈물은 나오지 않았다. 둘째 고모의 죽음을 거짓말이라 믿고 싶었고, 그

다음에는 설명할 수 없는 슬픔이 목에 걸려 아무 말도 입 밖으로 나오지 않았다. 그렇게 열다섯 살의 나는 죄인처럼 대문 밖에 서 있었다. 그러다 문득 그날의 일을 떠올렸다.

매주 금요일은 일본에 있는 둘째 고모에게 전화가 오는 날이었다. 그러던 어느 날엔가 혼자 집을 지키던 나는 둘째 고모의 전화를 받게 되었다. 모처럼 어른들이 집을 비운 덕분에 둘째 고모와 이런저런 대화를 길게 나눌 수 있어 기쁨을 느끼던 것도 잠시, 차마 듣고 싶지 않은 소리를 듣게 됐다.

"고모, 이게 무슨 소리래?"

"왜? 고모 말이 잘 안 들려?"

"아니. 그게 아니고⋯."

그것은 조카와의 통화를 이어 가기 위해 둘째 고모가 고스란히 감수해야 했을 적지 않은 금액의 동전이 투입구 속으로 빨려 들어가는 소리였다. 어물어물 말끝을 흐렸던 것은, 왠지 전화를 끊어야만 할 것 같아서였다.

"고모, 전화비 너무 많이 나오겠다. 이만 끊어도 돼여."

"아냐, 괜찮아."

"실은 아까부터 동전 떨어지는 소리가 너무 크게 들리여."

투입구 속으로 빨려 들어가는 동전 소리를 점점 의식하게 될수록 손톱만 한 고막이 터질 듯 부풀어 올랐다.

"아, 고모가 동전이 많아서 미리미리 많이 많이 넣어 두는 거야. 너랑 오래오래 통화하고 싶어서."

"고모, 힘들어여?"

"아니야, 하나도 안 힘들어."

"고모, 괜찮아여?"

"그럼, 괜찮고말고."

"고모, 다들 늦을 것 같으니 이만 전화 끊어도 돼여."

"아니야, 아니야… 끊지 마."

고모의 '끊지 마'라는 소리와 동시에 나는 뭣에라도 홀린 듯 수화기를 내려놓았다. 심장이 덜컥 내려앉듯 떨어지는 동전 소리를 그만 멈추고 싶어서. 전화벨은 다시 울렸지만, 받지 않았다. 이후, 나는 둘째 고모와 마음 편히 통화를 할 수 없었다. 열한 살의 꼬마에서 열다섯 살의 소녀가 되는 동안, 시시때때로 둘째 고모의 안부가 궁금했지만 부러 묻지 않았다. 어쩌면 내 삶과 한참이나 멀어진, 외국에 사는 고모에 대한 관심을 뛰어넘는 이벤트가 자주 나타나서였는지도 몰랐다. 이를테면 하트 모양으로 반듯하게 접힌 채 날아온 2반 소년의 편지랄지, 아무런 준비 없이 터져 버린 초경이랄지.

둘째 고모의 유해 앞에서 열한 살의 나를 떠올렸던 열다섯 살의 초여름은 순식간에 지나갔다. 돌아가신 둘째 고모의 나이쯤 된 지금, 이 마음으로 그날로 돌아간다면 어떨까? 하는 생각을 하염없이 해 본다. 그런데 어째서일까. 마음속에 차오르는 대답을 일목요연하게 정리할 단 하나의 문장을 끝내 찾아내지 못한다.

큰언니의 갈색 부츠를 신어 본 날

이른 오후에 온다던 큰언니는 늦은 오후까지
도 감감무소식이었다. 주말마다 오겠다는 약속을 끝내
지키지 않을 모양이구나. 달아난 입맛에 밥알이 모래알
처럼 서걱거리며 씹히던 그날 저녁, 큰언니는 늦은 밤 읍
내 터미널에 도착한다는 소식을 저녁 설거지를 끝낼 무
렵에야 들려줬다. 큰언니를 데리러 간 아빠의 낡은 에스
페로가 차고로 들어오는 소리, 꺼진 시동에 이어 차 문
닫히는 소리, 오랜만에 만난 아빠와 큰언니가 두런두런
이야기를 나누며 파란 대문을 넘어오는 소리, 신발 밑창
에 쏠린 마당의 자갈들이 자글자글 굴러가는 소리, 이윽
고 현관문이 열리고 "할매, 나 왔어!" 당시 일곱 대식구

의 가장 큰 어르신이던 할머니를 목청껏 부르는 목소리.

"다들 뭐해여! 대빵이 왔는데 코배기도 안 뵈여? 그나저나 울 막둥이 어딨어?"

"누나! 일찍 온대 놓코 왜 이키 늦게 와여."

속없이 벙글벙글거리며 제 마음을 드러내는 남동생과 나는 질적으로 그 표현 방식이 달랐다. 반가움을 있는 그대로 말하는 건, 무릇 프로의 자세가 아닌 법! 무표정한 얼굴을 장착한 후 시치미를 떼며 한마디를 보탰다.

"함에(벌써) 서울 간 지가 언젠데 사투리로 지껄이여, 지껄이길. 서울 머스마들이 어디 산골짝에서 온 시골 촌닭인지 알것네."

큰언니의 말투는 2년 전 본가를 떠날 때와 크게 달라지지 않았다. 그런데 웬걸, 외적인 모습은 점진적으로 변해 가고 있었다. 아니, 확실히 변했다. 스물두 살의 언니는 그해 가장 유행하던 배우 이승연 단발 파마를 하고 있었다. 영어로 '송골매'라고 적힌 회색 항공 후드를 입고. 어디 그뿐인가. 찢어진 청 쇼트 팬츠 아래 패러글라이딩 동아리 활동을 하며 전국을 돌아다니느라 적당하게 그을린 갈색 피부마저도 내 눈엔 왜 이리도 세련돼 보이던지. 주먹만 한 잠자리 안경을 쓰고 굵은 눈물을 떨구며 서울행 버스를 탔던 큰언니는 오간 데 없었다. 더구나 안경을 벗고 렌즈를 낀 모습은 영락없는 (서울) 여대생이었다.

늦은 밤까지 잠을 이루지 못했다. 조그만 가슴이 풍선처럼 부풀어 올라 잠이 오지 않았다. 화장실을 핑계로 슬그머니 마당으로 나왔다. 큰언니가 때마다 보내오던 편지 속 대학 생활이란 바로 이런 것이구나 싶어서. 도시가 바꿔 놓은 근사한 모습에 나는 얼마큼 자라야 큰언니처럼 서울 여대생처럼 보일 수 있을까 싶어서.

불 꺼진 봉당은 어두웠다. 일곱 식구의 신발이 옹기종기 모여 있는 그곳에서 단연 눈에 띄는 것은 목이 길고 매끈한 큰언니의 갈색 부츠였다. 도둑고양이처럼 안광을 밝히며 부츠 속으로 가만히, 가만히 발을 디밀었다. 발등을 감싸 안는 가죽의 감촉. 탄성에 가까운 비명 소리가 새어 나갈세라 조여드는 심장을 가까스로 부여잡고 부츠의 끝까지 발을 디밀었건만, 나의 작은 발은 내가 닿고 싶은 곳까지 쉽게 가닿지 않았다. 그 밤, 얼마나 지나야 큰언니처럼 세련된 도시 여대생처럼 보일까를 촘촘

히 헤아리는 사이, 까만 밤하늘 너머 수많은 별이 저마다

얼마나 아름답게 빛나고 있는지를 알아채지 못했다.

19금 영화를 본 날

　　소도시의 이름을 딴 여자고등학교를 나온 나
는 그 시절 중간, 기말시험이 끝나면 '문화의 날' 일환으
로 시내에서 단 하나밖에 남지 않은 극장에 친구들과 우
르르 몰려가 단체영화 관람을 하곤 했다. 단발머리 여고
생이었던 열일곱 살의 봄, 그 영화관에서 맨 처음으로 본
영화는 〈타이타닉〉이었다.

　　〈타이타닉〉은 여러모로 굉장한 영화였다. 끝없는 수
평선, 아파트처럼 큰 배, 무엇보다 그 속에 결빙된 연인
의 압도적인 사랑. 가장 설렜던 것은 청춘의 레오나르도
디카프리오와 케이트 윈슬렛이었다. 두 사람이 까마득하
게 펼쳐진 대서양을 배경으로 뱃머리에서 키스를 할 때

모두들 입을 다물지 못하고 상영관이 떠나가라 환호성을 질렀다. 그뿐인가. 두 사람의 열기로 가득 찬 차창에 케이트 윈슬렛의 손바닥이 턱 하고 찍힐 때, 숨을 죽인 채 화면을 바라보았다. 그 장면에서는 바로 옆에 앉은 친구의 침 넘어가는 소리조차 들리지 않았다. 오직 맨 뒷좌석, 스크린을 비추던 영사기만이 차르르 차르르 소리를 내며 돌아갈 뿐이었다. 참으로 기이하고, 못내 설레는 장면이었다. 우리는 심정지라도 온 듯 부르르 몸을 떨었다.

좀 더 구체적으로, 그러니까 미루어 짐작했던 차창 안의 상황이 좀 더 노골적으로 표현된 19금 영화를 보러 간 것은 수능이 끝난 후였다. 단짝 친구 쑨, 오리와 함께였다. 우리는 수능 스트레스를 〈청춘〉이라는 제목의 근사한 영화로 한꺼번에 날려 버리겠다는 야심찬 계획을 세웠다. 그러고는 출연 배우도 줄거리도 모르는 19금 영화를 보기 위해 당당히 삼일극장으로 입성했다. 그즈음 삼일극장이 사라질지도 모른다는 소문이 풍문처럼 돌았지만, 그런 것은 아무래도 좋았다. 우리는 수능이 끝남과 동시에 곧 이 조그맣고 갑갑한 소도시를 떠날 예정이었으므로.

뒤따르는 사람에게 속옷이 보일세라 교복 치맛단을 꽉 움켜쥐고 좁다란 계단을 총총 올라갔다. 그리고 조그만 개구멍에서 티켓 세 장을 끊었다. 소도시의 작은 극장은 온라인 예매는 상상할 수 없는 환경이었다. 그래서일까. 아무도 우리의 일탈을 방해하지 않았다. 삼일극장의 개구멍 속, 티켓 판매원조차도 말이다.

〈청춘〉은 청춘의 배우 김래원과 배두나가 나오는 영화였다. 상실의 아픔을 겪은 두 청춘남녀가 좁은 자취방에서 섹스를 할 때, 우리 셋은 다시금 할 말을 잃고 꼴딱꼴딱 침을 삼켰다. 배우 중 누군가 학교 옥상에서 자살을 하는 장면에서도, 첫사랑 선생님을 향한 오랜 외사랑의 감정을 극복하지 못해 그 앞에서 혼절을 해 버린 장면에서도 말이다. 문득, 억울한 기분이 들었다. 청춘은 이런 것인가? 이것은 내가 상상했던 청춘의 모습이 아니었다. 그렇게 얼마간 영화가 더 흘러갔을 무렵, 이상한 죄책감에 사로잡혔다. 사복도 아닌 교복을 입은 채, 청춘의 배우보다 나이가 어린 우리가 이런 19금 영화를 봐도 되는 것일까? 그런 막연한 의문이 우리를 감쌌다.

그날 우리는 영화가 채 끝나기도 전에 영화관을 나왔

다. 쑨이 영화를 끝까지 보고 싶지 않다고 도리질을 쳤던 탓이다. 오리도 수긍한다는 듯 고개를 끄덕였다. 오직 나만이 그 영화의 엔딩을 궁금해했다. 청춘의 끝엔 무엇이 있는지 확인하고 싶어서. 하지만 그 끝에 무엇이 있는지 알지 못한 채, 얼결에 친구들의 손에 이끌려 상영관을 빠져나왔다. 쫓기듯 나오면서, 그 상영관엔 오직 우리밖에 없다는 사실을 깨달았다. 그 순간에도 상영관 뒤편에서는 차르르 차르르 영사기 돌아가는 소리가 들렸다. 마치 그것이 자신의 본분이라는 듯이.

영화관을 빠져나온 후 부쩍 차가워진 공기를 체감하며 시린 손을 매만졌다. 중앙시장 앞 단골 가게로 떡볶이와 오뎅을 먹으러 갈까? 롯데리아에 가서 새우버거를 먹을까? 수능 후 미팅 장소로 각광받고 있던 카페, '뿌리깊은나무'로 가서 달콤한 파르페를 먹으며 영화가 준 우울한 기분을 어물어물 흘려버릴까? 고민에 고민을 거듭했지만, 그 순간에는 그 무엇도 가슴을 동그랗게 물들인 허허로움을 지워 줄 수 있을 것 같지 않았다. 그래서인지 어느 누구도 쉽사리 자리를 뜨지 못했다. 그렇게 우리는 노루 꼬리만큼 짧아진 늦가을 햇살 속에 한참 동안 서 있었다. 실은 어디로 가야 할지 모르겠어서. 우리 앞에 주어진 무한한 자유가 어색해서. 그러다 침묵을 깨고 누군가 입을 열었고, 시내 어딘가를 향해 터덜터덜 걸어가기 시작했다.

스무 살이 된 이후 웬만한 성인영화는 거리낌 없이 볼 수 있게 되었다. 더는 19금 화면 앞에서 주눅 들지 않아도 되었다. 미루어 짐작했던 상황은 다각도로 현실이 되었고, 종종 꿈처럼 아스라이 멀어져 갔다. 소문대로 삼일극장은 역사 속으로 사라졌다. 그 자리에는 나이키가 들어왔다, 파크랜드가 들어왔다, 몇 년째 주인을 만나지 못해 텅텅 비어 있다고 들었다. 수년이 지난 후 소도시 외곽의 홈플러스 안에는 온라인 예매가 가능한 메가박스가 생겼다.

어느덧 우리는 '청춘'이라는 단어가 어색한 나이가 되었다. 열아홉 살 늦가을의 길목 삼일극장에서 〈청춘〉을 본 이후, 몇 편의 19금 영화를 더 관람하는 동안.

코끼리를 처음으로 본 날

TV가 아닌 실물로 코끼리를 처음 본 것은 서울대공원에서였고, 친구들과 봄맞이 피크닉을 나온 길이었다. 공원 입구에서 산 김밥을 나누어 먹고, 초입에서부터 차례대로 동물을 훑으며 올라가다 이윽고 대 동물 구역에 다다랐다. 날씨가 좋아서인지 펜스 앞에 모인 사람들이 제법 많았다. 코끼리보다 먼저 존재감을 드러낸 건 바람을 타고 날아온 두엄 냄새였다. 어마어마한 냄새와 함께 느릿느릿 우리 밖으로 걸어 나온 한 마리의 코끼리는 긴 코를 이용해 짚더미를 둘둘 말아 장난을 치느라 바빴고, 꼬리를 휘휘 돌리며 파리를 쫓다 말고 엄청나게 큰 똥을 전시하듯 싸 버렸다.

구경 온 사람들은 코끼리가 우리 안을 빙글빙글 돌 때는 크게 관심을 두지 않았다. 어른과 함께 온 아이들만이 "우아, 코끼리 코 엄청 크다!" 하며 큰 비명을 내질렀을 따름이다. 코끼리를 배경으로 가족사진을 찍거나, 코끼리의 출현에 흥분한 어린아이들을 돌보기 바쁜 어른들은 코끼리가 똥을 싸자 그제야 "와와" 하고 몰려들었다. 그러고는 "에에, 똥 엄청 크고 더러워!"라고 큰소리로 외친 후 다음 동물을 보기 위해 지체 없이 발걸음을 옮겼다.

친구들이 다음 구역으로 넘어간 후에도 나는 쉽게 그 자리를 떠나지 못했다. TV가 아닌 실제로 본 코끼리에 기대처럼 압도된 탓일까? 아니면, 위엄이라고는 눈곱만큼도 느껴지지 않는 모습에 그만 얼어붙은 것일까? 그 이유를 정확하게는 알 수 없었다. 그저 누군가 세상에서 가장 좋아하는 동물이 무엇이냐고 묻는다면, 단연코 '코끼리'라고 대답했던 어린 시절이 떠올라서였다.

시골에서 유년 시절을 보냈지만 각별하게 좋아하는 동물이 없다고 말할 때마다, 당시 아파트에서 강아지를 키우던 친구 A는 신기해하며 물었다.

"마당이 있는 집에 살면서 어떻게 개 한 마리를 안 키우고 사냐?"

"글쎄…."

이웃집 개에게 느닷없이 정강이를 물린 일, 하굣길에 목줄이 풀린 진돗개에게(내 눈에는 희번덕거리는 눈빛이 흡사 늑대처럼 보였다) 쫓겨 다니며 극한의 공포를 맛보았던 일, 사랑했던 두 마리의 강아지 '페리'와 '카나'가 작별인사도 없이 목줄만을 남겨 둔 채 사라져 버린 경험 때문인지 개를 좋아하기가 어려웠다. 고양이는 어떤가? 친구들이 키우는 반려묘의 부드러운 털을 쓰다듬는 일을 좋아하지만, 어린 시절 한밤중에 오줌을 누러 나갔다가 형형한 고양이의 안광에 비명을 질렀던 일, 부모님 몰래 빌려 본 영화 〈공포의 묘지〉에서 무덤가에 묻은 죽은 고양이가 멀쩡하게 살아 돌아온 이야기가 두고두고 떠올라서인지 고양이를 사랑하는 일마저도 어쩐지 쉽지 않았다. 그럴수록 〈퀴즈탐험 신비의 세계〉에 나오는 동물의 세계 속 이국의 동물에 훨씬 마음이 갔다. 아프리카의 사자, 뱅골 호랑이, 사바나의 표범, 그리고 언제나 이들의 표적이 되는 톰슨가젤, 어마어마한 뿔로 자신의 목숨을 위협하는 육식동물에 대항하던 물소 떼…. 그중에서도 사자와 표범조차 함부로 건드리지 못하는 코끼리는 단연 돋보였다.

그러다 보니 내게 있어 코끼리는 '근사하다'는 표현이 어울릴 만한 동물이 되었다. 어른이 되고서도 미술관보다 동물원 가는 일을 더 좋아했던 건 순전히 코끼리를 보기 위해서였다. 그런데 이상하게 코끼리를 매번 볼 수 있는 행운은 주어지지 않았다. 대 동물원 구역의 동물들은 그날의 날씨나 상황에 따라 사람들에게 노출되는 시간이 짧거나 아예 우리에서 나오지 못하는 날이 많았으니까.

동물 다큐멘터리를 보면, 밀림의 왕 사자가 물소 떼를 쫓는 것에 카메라가 초점을 맞출 때 묵묵히 배경이 되어 주는 장면이 있다. 장엄한 풍경의 일부로 자연스럽게 녹아들어 청명한 푸른색을 띤 하늘을 마주하고 선 동물, 바로 코끼리다. 코끼리는 살벌한 약육강식에 구애받지 않은 초월한 상태로 초연한 자연의 모습을 있는 그대로 보여 준다. 사자에게 목을 물린 물소가 피를 폭포수처럼 뿜으며 죽어 가는 와중에도, 약육강식에서 배제된 채 무심히 초원을 휘적휘적 누빈다. 신이 동물로 현현했다면 그건 코끼리가 아니었을까? 초월적인 존재감만으로도 코끼리를 좋아할 이유는 충분했다.

그러니 난생처음 만난 코끼리를 보고 쉽사리 자리를 떠날 수 없었으리라. 후두두둑 쏟아 버린 똥을 보며 손가락질하는 사람들 보란 듯 귀를 펄럭펄럭 움직이며 덤보처럼 푸른 하늘을 날아 저 멀고 먼 아프리카로 떠나 버렸으면 좋겠다고. 그해 봄, 유독 쨍하게 햇볕이 내리쬐던 대 동물 구역 펜스 앞에서 그런 생각을 하고 있었다.

· 친구 아버지가 돌아가신 날

　　　　금요일 오전 전공 수업이 끝난 후 나는 학과 친구들과 함께 황주에 해물파전을 먹을 것인지, 맥주에 치킨을 먹을 것인지를 고민하며 또 다른 친구의 수업이 끝나기만을 기다리고 있었다. 그때 친구 Y의 아버지가 돌아가셨다는 연락을 받았다.

　　"그래도 아버지가 돌아가셨다는데, 함 모이야 하는 거 아이라?"

　　수화기 너머, 친구 Y의 사정을 잘 알던 친구 J의 목소리를 듣고도 한참을 망설였다. 계획에 없던 일이 발생했다는 사실이 부담스러웠고, 무엇보다 그날의 옷차림이 마음에 걸렸다. 그렇다고 학교에서 집으로 가 옷을 갈아

입은 후 다시 버스를 타고 본가에 있는 장례식장으로 가기에는 시간이 턱없이 부족했다. 사실 가장 큰 방해 요소는 마음 한구석에 자리한 귀찮음이었다.

'고등학교 졸업하고는 연락도 잘 안 하던 친구였는데… 그런 어려운 자리에 꼭 가야 하나….'

회사에 있는 큰언니에게 메시지를 보낸 건, 당시 큰언니의 한마디 한마디가 어떤 선택을 함에 있어 꽤 훌륭한 가늠자가 되어 주었기 때문이다. 큰언니는 이렇게 답을 보내왔다.

후회할 짓 만들지 마래이. 갸는 아버지를 잃고 얼마나 가슴이 아프겠노.

나는 그길로 고속버스를 탔다. 청바지에 노란색 티를 그대로 입은 채였다. 시내 버스터미널에 도착한 것은 밤 여덟 시가 넘어서였다. 그렇게 장례식장 앞에서 오랜만에 중학교 동창 다섯 명이 모였다. 서울, 원주, 제천, 대구로 흩어져 대학에 다니거나 혹은 고등학교 졸업 후 직장생활을 하고 있는 친구들이었다. 모두들 촌뜨기 때를 벗고 제법 도시 아가씨 테가 났다. 제천에서 온 J가 키득키득 웃으며 내 등을 때렸다.

"니는 왜 노란 티를 입었노. 여가 어딘지 잊어뿌릿나?"

"말도 마. 옷 갈아입고 올 시간이 어데 있었나? 그나저나 왜 노란 티를 입고 여까지 와서 민폐질이고."

J는 손가락으로 장례식장 간판을 턱턱 가리키며 면박을 주었다. 그만큼 죽음이 먼 일처럼 여겨지던 때였다. 나는 J가 입고 있던 검은색 재킷을 빌려, Y와 두 언니가 지키고 선 빈소를 찾았다. Y는 내가 검은색 재킷 안에 찐노란색 티를 입은지도 모를 만큼 눈이 부어 있었다. 경황없는 와중에도 마치 어제 헤어진 것처럼 반갑게 맞아주는 모습에 장례식에 올지 말지를 고민한 몇 시간 전의 일을 후회했다.

"다들, 우째 여기까지 왔노. 진짜, 진짜 고맙대이."

다섯 명의 친구와 함께 꽤 오랫동안 빈소를 지켰다. 상주가 된 친구는 간혹 드나드는 조문객을 챙기느라 여념이 없었고, 우리는 조용히 육개장 그릇을 비우며 근황을 나누었다. 실패한 연애, 고등학교 졸업 후 이른 사회

생활이 가져다준 삶의 녹록지 않음, 별다를 것 없는 대학 생활 등 장례식과는 어울리지 않는 잡담들이 이어졌다. 마치 카페에 온 것처럼 가벼운 대화들이 오갔다. 그러나 Y와는 형식적인 안부 인사 외에 많은 대화를 나누지 못했다.

친구들과 나는 자정이 넘어서야 각자의 집으로 흩어졌다. 몇은 시내에 있는 모텔을 잡아 밤새 수다를 떨 것이라고 했다. 아빠가 데리러 올 거라는 말을 전하며, 나는 차마 Y의 눈을 똑바로 쳐다볼 수 없었다. 소중한 존재를 잃은 친구의 마음을 들여다보기가 두려운 탓이었다. 우리는 헤어질 때 두 손을 꼭 붙잡고 이렇게 말했다.

"잘 가래이."

"또 보재이."

다음을 기약했지만, 우리는 그 말을 꽤 오랫동안 지키지 못했다. 산다는 건 지킬 수 없는 약속들을 하나씩 늘려 가는 일임을, 나는 알지 못했다.

2002년의 끝,
종로에서 프랑스 영화를 본 날

이 글에는 제가 좋아한, 그러나 첫 관람 이후 단 한 번도 재관람을 하지 않은 영화의 스포일러가 담겨 있습니다.

아빠를 태운 고속버스가 떠난 후였다. 터미널 가판대를 스치듯 지나치다가 급작스레 〈씨네21〉을 구입했다. 학생의 주머니란 빈곤하기 그지없어 가판대에 전시된 많은 책들 중 상대적으로 부담이 적은 금액의 영화 잡지를 집어 든 것이다. 집으로 돌아가려면 2호선을 타고 꽤 먼 거리를 가야 했기에 지하철 속 긴 무료함을 달래 줄 한 줄의 글이 갈급했던 나는, 자리에 앉자마자 허겁지겁 페이지를 넘겨 나갔다. 신작 및 추천 영화 정보를 대략적으로 훑다 말고, 잡지의 끄트머리쯤에서 만난 한

장의 포스터에 시선이 머물렀다.

화장실로 짐작되는 회색빛 타일 위, 두 남녀가 서로를 부둥켜안은 채 키스를 하고 있는 스틸 컷의 여백엔 (내 기억이 틀리지 않다면) "너를 완벽하게 연주하고 싶다"는 다소 파격적인 문장이 아로새겨져 있었다. 평소라면 휙 하고 넘겼을 영화의 한 신(scene) 정도로 짐작되는 장면에 매료된 후, 그 영화를 보고 싶다는 기이한 열망에 사로잡혔다. 잡지 하단에 게재된 상영관 정보를 쫓아 종로의 코아아트홀로 향한 건, 그로부터 몇 주가 더 흘러서였다.

영화관 입구부터 상영관까지 좁다랗게 이어진 계단은 영화를 보기 위해 온 관객들로 붐볐다. 총 2개관에서 영화가 상영 중이었는데, 애매한 시간대에 도착해서인지 이미 영화는 전석 매진이었다. 그러나 이대로 영화 관람을 포기할 수 없었던 나는 부스 속 여직원의 비위를 맞추며 취소표를 구할 수 없을지 양해를 구했다(이런 이야기를 쓰고 보니, 옛날 사람이 된 것만 같다). 상영 시간이 다 되도록 취소표는 나오지 않았다. 종로까지 온 김에 다른 영화라도 봐야 하나 반쯤 포기 상태로 고개를 드밀었을 때, 마침 취소표가 나왔는데 영화를 관람하겠느냐는 것이 아닌가.

"영화는 이미 시작했어요. 그래도 관람하시겠어요?"

"오, 그럼요!"

쾌재를 부르며 티켓을 손에 쥔 나는 상영관으로 바삐 올라갔다. 당시만 해도 코아아트홀로 대변되는 종로의 예술영화관으로 영화를 보러 다닌 적이 거의 없었던 터라, 마치 프랑스 영화 한 편에 '충무로 키드'라도 된 양 어깨에 잔뜩 힘을 싣고 상영관으로 들어섰다. 좁다란 상영관, 퀴퀴한 곰팡이 냄새, 커플로 짐작되는 남녀의 숲을 헤치며 누군가가 취소한 맨 중앙의 좌석으로 조금씩 나아갔다. 초겨울이라는 계절이 무색하게, 자리를 찾아가는 동안 땀에 흠뻑 젖었다. 옆 좌석의 여성이 끝내 짜증 섞인 한숨을 내쉬었다. 취소표를 겨우 쟁취해 들어온 관객이라기보다는, 영화 시간을 잘못 확인한 나머지 뒤늦게 난입한 불청객이라는 인상이 강했으리라.

옆 사람의 눈치를 보느라 메고 온 목도리조차 벗지 못하고 스크린으로 겨우 시선을 돌렸을 땐 이미 영화는 시작되고 있었다. 자신의 신분이 노출될 것을 염려했는지 선글라스를 끼고 머플러를 꽁꽁 둘러맨, 필시 여주인 공으로 짐작되는 한 여성이 하이힐을 신고 보무당당하게 성인용품점으로 입성하는 중이었다. 두려움 혹은 설렘을 상징하는 또각또각 하이힐 소리가 귓등을 때렸다. 그녀는 에리카로 분한 프랑스 여배우 이자벨 위페르였고, 그날 관람한 영화는 〈피아니스트〉였다.

영화는 시작과 동시에 강렬함으로 나를 휘감았다. 오스트리아 빈 출신의 교수이자 유능한 피아니스트로 인정받고 있던 에리카가 촉망받는 젊은 제자인 월터(브느아 마지멜)의 사랑을 자신만의 방식으로 기만할 때마다, 관객석 곳곳에서 한숨에 가까운 탄식이 새어 나왔다. 월터와 친근하게 대화를 나누던 젊은 여 제자를 향한 알 수 없는 감정(필시 질투심일)에 휩싸인 에리카는 그녀의 코트에 깨진 유리 조각을 집어넣게 되고, 이후 영화는 예측할 수 없는 방향으로 급물살을 탔다. 무해한 얼굴로 자신의 코트 주머니에 손을 찔러 넣은 여 제자의 새된 비명소리를 뒤로한 채, 에리카는 자신의 가슴에 칼을 꽂았다. 통증 따윈 느끼지 못한 듯 칼을 꽂은 채 거리로 뛰쳐나가는 에리카의 모습으로 영화는 끝났는데, 그 엔딩 신은 내게 상상 이상의 타격감을 주었다. 바닥에 누워 비이상적인 방식으로 사랑을 갈구하는 에리카를 보며 몇 번이고 상영관을 빠져나가고 싶은 충동을 참아 온 뒤에 마주한 결말이라 더욱이 그랬다.

엔딩 크레딧이 올라가기도 전에 그 누구보다 재빠른 걸음으로 상영관을 빠져나온 것은, 무언가 일어나서는 안 될 일이 기어이 일어난 것만 같아서였다. 영화관 밖, 시끄럽고 가벼운 소음으로 가득했던 종로는 어느덧 깊고 자욱한 겨울 안개 속에 가라앉아 있었다. 영화를 관람하는 내내 갑갑하게 목을 옥죄던 목도리를 벗고 영화관 앞에 한참 동안 서 있었다. 축축한 안개가 영화의 열기가 채 가라앉지 않은 귓등을 적셨고, 번뜩 정신을 차리고 주위를 둘러봤을 때 삼삼오오 촛불을 들고 거리를 행군 중인 사람들이 보였다.

그해 많은 일들이 있었다. 한일월드컵에서 우리나라는 거짓말처럼 4위를 했다. 포르투갈과의 4강전을 준비하던 즈음, 파주에 살던 두 명의 여중생이 미군 장갑차에 깔려 비통한 죽음을 맞았다. 그날, 그 거리에는 어제의

축제를 통과한 사람들이 두 소녀의 얼굴이 인쇄된 흐릿한 흑백 영정 사진을 들고 광화문을 향해 행군 중이었다.

　나는 그들과 정확히 반대 방향으로 걷기 시작했다. 안온한 집으로 돌아가기 위해, 기이한 상흔을 남긴 영화의 잔상을 떨쳐내기 위해. 다른 어떤 생각도 들지 않을 만큼 피곤해진 나는 영화 속 에리카보다 더욱 무표정한 얼굴로 서둘러 지하철 개찰구로 내려갔다.

일본에서 1

　　　　큰언니를 만나기 위해 일본에 간 적이 있다. 스물여덟 살의 연말이었다. 엄마는 일본에 다녀오겠다는 말 한마디에 김장 김치 한 통을 서울 집으로 보내왔고, 나는 인천공항에 도착하기 전까지 어떻게 하면 커다란 반찬통에 든 김치를 큰언니 집 냉장고로 안전하게 배송할 수 있을까를 고민했다. 다행히 항공사 담당자의 안내로 김치 포장용 박스를 구매할 수 있었고 별 탈 없이 짐을 부치는 데 성공했다. 출국 수속을 마친 후 기분을 낸답시고 면세점 쇼핑을 할 때만 해도 아주 잠깐 대기업에 다니는 커리어 우먼이 된 것만 같았다. 현실은 다음 달 청구될 카드 값을 걱정하는 스물여덟, 소규모 문화원에 다니는 평범한 직장인일 뿐이었지만. 나는 향수 매장에서 '잠의 신'을 뜻하는 히프노스(hypnôse)를 구입한 후 탑승 게이트로 이동했다.

큰언니는 당시 국제교류원으로 일본 동부의 한 지방에서 근무를 하고 있었다. 발령받은 지 얼마 지나지 않아 운전을 시작했다며, 그날은 친한 교류원 팀 친구의 차를 빌려 공항까지 마중을 나오겠다고 했다.

김치 박스를 실은 커다란 캐리어를 끌고 입국 절차를 받고 있을 때, 박스에서 풍기는 김치의 쉰 냄새를 맡은 일본인 직원이 다소 짓궂은 표정으로 질문을 던졌다. 처음에는 일본어였고, 일본어를 할 수 없다는 대답에 영어로 재차 물었다. "직업이 뭐죠? 이 물건은 뭔가요?"라고. 분명 박스에는 'kimchi'라고 적혀 있었는데, 다시 한 번 물건의 정체를 확인하는 태도가 어쩐지 못마땅했다. 당시의 나는 작가는 아니었지만 작가로 불리고픈 작가 지망생이었고, 한국 김치(실은 엄마의 김치)에 대한 자부심이 컸던 터라 "writer"라고 답한 후 또박또박 김치임을 강조하며 '더는 말실수를 하지 말라'는 듯 그의 눈을 단호하게 쳐다보았다.

그날 큰언니는 운전석이 오른쪽에 있는 낯선 소형차를 끌고 나왔다. 입국장 기둥 뒤에 가만히 숨어 있다가 "웍" 하는 소리를 내며 장난스럽게 등장했는데, 나는 김치 때문에 신경이 예민해질 대로 예민해져 언성을 높였다.

"아씨. 김치 때문에 도로(다시) 한국으로 갈 뻔했어."

"그래도 길 안 잊자뿌리고 잘 왔대이."

짐을 받아 든 큰언니는 "이게 얼마만의 엄마 김치냐!" 반색한 후 능숙한 운전 솜씨를 발휘해 나를 집으로 데려갔다. 그러나 회포를 풀 새도 없이 연말 회식 때문에 다시 사무실에 들어가 봐야 한다고 했다. 큰언니는 집을 나서며 전기스토브와 고타츠 사용법에 대해 알려 주었다.

"알지? 일본은 보일라가 없는 거. 밤 되면 시기(크게) 추워진대이. 스토브는 켜 두고 갈 테니 그대로 두고. 이따가 추우면 고타츠 켜서 그 안에서 쉬든가 해."

"엉, 알았어. 일찍 와래이."

나는 옷도 갈아입지 않은 채 고타츠 속으로 다리를 절반쯤 밀어 넣었다. 이십 대 초중반에 열심히 읽었던 야마다 에이미, 요시모토 바나나의 소설에 등장하는 고타츠를 실제로 써 본 것은 그날이 처음이었다. 커다란 사각

테이블을 감싼 두터운 이불 속에 열을 내는 전선들이 어지럽게 깔려 있었다. 버튼을 누르자마자 나른한 열기가 허벅지에 전달되었고 여독이 풀리려는지 슬그머니 잠이 왔다. 그렇게 언니가 돌아오기 전, 잠깐만 눈을 붙일 생각이었다.

얼마쯤 흘렀을까? 선잠에서 깨어나 눈을 떴을 때 맨 처음으로 본 것은 어둠에 잠긴 방이었다. 아홉 시를 향해 가는 시간, 회식이 끝나지 않았는지 나는 여전히 혼자였다. 몸을 일으킨 것은 불을 밝힌 것처럼 환한 창밖 때문이었다. 더듬더듬 일어나 반쯤 열린 커튼을 밀어 바깥을 내다보았다. 나직한 탄성이 새어 나온 것은, 마치 꿈의 한 장면처럼 아득하게 눈이 내리고 있어서였다. 살면서 수없이 많은 눈을 봐 왔지만, 그날의 풍경은 조금 달라 보였다. 오래 떨어져 살아온 시간만큼이나 낯선 체취로 가득해진 큰언니의 방, 도로 위에 쌓인 눈을 조심스레 밟고 지나가는 정반대 차로로 달리는 차들…. 외국에서 맞은 휴가의 첫날을 이렇게 꿈인 듯 현실인 듯 헷갈린 채 보내고 있어서인지는 알 수 없었다.

성에 낀 창에 손을 갖다 댔다. 찬기와 함께 매장에서

시향할 때 뿌린 히프노스의 잔향이 은은하게 살아났고, 이 밤의 풍경이 꿈이 아닌 현실이라는 자각이 천천히 되살아났다. 그것은 그해의 첫눈이 분명 아니었지만, 달리 생각하면 나에겐 첫눈이기도 했다. 다른 나라에서 처음으로 본, 유혹적인 첫눈이었다.

일본에서 2

　　　여행 삼 일째 큰언니는 차를 렌트했다. 그날 우리는 현의 동쪽에 있는 해안사구에 가기 위해 아침 일찍 일어났다. 해안사구는 현의 대표적인 관광지로 매년 백만 명의 관광객이 방문하는 곳이라고 했다. 나는 한국에서 입고 온 새 옷을 훌훌 벗어 던진 후 모자가 달린 갈색 패딩 점퍼, 검은색 짧은 치마, 회색 타이즈로 갈아입었다.

　"어때, 현지인 같제?"

　"그렇게 말하니까, 더 한국사람 같대이."

　아침부터 햇빛이 들면서 이틀 동안 내렸던 눈이 감쪽같이 녹아 겨울 날씨 치곤 포근했다. 출발 전, 집 근처 카페에서 아메리카노 두 잔을 테이크아웃 했다. 나는 오른쪽 운전석과 왼쪽 통행 방식에 내내 적응되지 않아, 코너링을 돌 때마다 저절로 보조석 손잡이를 잡았다. 다행히 큰언니가 생각보다 운전을 더 잘해 우리는 렌터카에 금세 적응했고, 제설 작업이 완벽하게 된 도로를 따라 마침내 해안사구에 도착할 수 있었다.

사실 그때까지만 해도 별다른 기대는 없었다. 사구가 가까워졌다는 표지판을 만났을 때도 마찬가지였다. '뭐 그리 특별할까? 동해 백사장쯤 되려나? 하긴 동해 바닷가에도 매년 수십만 명이 다녀가는데…. 실제 사막과는 비교도 안 될 정도로 조그맣겠지?' 그런 하나 마나 한 생각을 하고 있었다.

"눈 좀 감아 보제?"

사구 근처 주차장 가득 길게 늘어선 차들이 보일 때쯤 큰언니가 입을 열었다.

"왜?"

"여행이잖애."

"그러지 뭐."

"내릴 때까지 절대 눈 뜨지 마래이."

꼭 그래야 하나 싶었지만, 못 이기는 척 눈을 감았다. 어떤 상황을 두고 눈을 감을 땐 무언가 특별한 선물을 받을 때라는 것을 익히 알고 있어서. 그런 기대감은 쉽게 무너진다는 것쯤 너무 잘 알지만.

"뭘 그키(그렇게) 유난을 떨어여."

"좀 떨자. 멀리까지 운전해서 온 보람 좀 나게."

큰언니는 보조석의 문을 친히 열어 주었고, 눈을 뜨면 안 된다고 거듭 말하며 자꾸만 뜸을 들였다. 큰언니에게 의지해 기우뚱 일어선 순간, 신고 온 스니커즈의 얇은 밑창으로 보드라운 모래 알갱이가 느껴졌다. 그러나 약속한 바가 있었으므로 눈을 뜨지 않았다. 이왕 여기까지 온 사람의 뜻대로, 데려온 맛 좀 나라고.

"셋 하면 눈 떠래이. 하나, 둘, 셋!"

천천히 눈을 떴다. 그렇게 눈앞에 펼쳐진 어마어마한 모래 언덕을 보는 순간, '아' 하는 탄성이 새어 나왔다. 수많은 사람들이 사구를 향해 걸어가고 있었고, 사구의 끄트머리에서 작은 점처럼 멈춘 사람들이 그 너머의 풍경을 하염없이 내려다보고 있었다. 이윽고 그 많은 사람들이 사구 아래로 감쪽같이 몸을 감춘 순간, 잔잔했던 마음속에서 모래바람이 스르륵 일어났다.

"저 아래 뭐가 있노?"

"모래가 있지."

"모래만 있나?"

"뭘 그키 물어여."

"궁금하잖애."

"직접 가서 보자. 우리 눈으로 확인하자."

우리는 사구를 향해 걸어가기 시작했다. 포근포근 밟히는 모래 알갱이가 자꾸만 자꾸만 나를 앞으로 이끌었다. 앞서거니 뒤서거니 하며 우리는 한 번도 가 보지 않은 곳을 향해 나아갔다. 모래 위로 하늘이, 하늘 아래 모래만이 존재하고 있던 그 해안사구 아래 무엇이 있는지를 확인하기 위해서.

엄마를 배웅하던 날 1

어느 초겨울, 서울 집에서 머물던 엄마는 홀로 계실 아빠 걱정에 기어이 집으로 내려가겠다고 했다. 회사에서 엄마의 연락을 받은 작은언니는 퇴근을 하면서 집 근처 아울렛에 들러 겨울용 부츠 한 켤레를 사 왔다. 선물을 받아 안은 엄마는 외출용 회색 코트를 꺼내 입고 한바탕 패션쇼를 펼쳤다. 회색 코트에는 몇 년 전 큰언니가 선물한 은색 브로치가 달려 있었다. 한 쌍처럼 어울리던 코트와 브로치, 그 아래 보드라운 부츠까지 받쳐 신은 엄마는 거울 속 자신의 모습을 오래오래 들여다보며 말했다.

"삼 년은 충분히 신겠다. 고맙다, 둘째야."

다음 날 터미널까지 가는 길, 엄마는 내게 비싼 택시비를 들먹이며 전철을 타겠다고 고집을 부렸다.

"서울 생활이 어데 만만한 줄 아나? 택시비 애끼 보래. 고등어 서너 손은 사서 실컷 먹지."

엄마는 택시비 아껴 벌충할 수 있는 몇 가지의 반찬과 당신의 수고를 기꺼이 치환한 후, (나의 마음은 아랑곳 않고) 불편한 무릎을 이끌며 지하철역 계단을 한 칸씩 한 칸씩 내려가기 시작했다.

"좀 더 지나봐래이. 너거가 암만 전철 타고 가라캐도 못 간대이. 그나저나 신도림역 계단 수가 어마어마하대이."

1호선 신도림역에서 다시 터미널로 가기 위해 2호선으로 갈아타자마자 노약자석의 빈 좌석부터 훑는 엄마를 보며, 이제 엄마가 노약자석에 묻어가도 더는 어색하지 않은 나이가 되었음을 실감했다. 작은언니가 선물한 부츠를 신고 노약자석으로 총총 걸어간 후 회색 코트가 구겨질세라 조바심을 내는 모습은 소녀 같기만 한데.

지하철을 타자마자 경상도 사투리로 승객들의 주의를 끌던 기억이 되살아났는지, 엄마는 그날따라 세상 니

굿나굿한 목소리로 서울 아줌마 흉내를 냈다.

"냉장고에 콩나물무침 해 놓은 거부터 먼저 챙겨 먹으렴."

"싫어. 진미채부터 먹을 거야."

"가스나야. 콩나물은 빨리 쉬잖니. 진미채는 난중 먹도록 하렴."

어린아이를 나무라듯 쉴 새 없이 당부의 말을 남겨야만 직성이 풀리는 엄마를, 실은 엄마의 이마에 밴 깊은 주름을 한참 동안 바라보았다. 새침하게 벌린 입술 속 치아 한가운데 붉은 립스틱이 묻은 줄도 모른 채, 새벽 일찍 일어나 만든 콩나물무침이 상할세라 염려부터 늘어놓는 엄마에게 휴지를 건네며 잇새에 묻은 립스틱을 닦으라고 슬쩍 귀띔했다.

"야야, 아까 본다고 봤는데 루즈가 묻었는 갑네?"

"아암, 묻었지, 묻었어. 나의 사랑이."

"야가 뭐래여. 오호호호호."

실없는 농담 한마디에 웃음이 터져 버린 엄마에게 '쉿' 하고 주의를 주다 말고, 차창에 스며든 겨울 빛을 쬐며 졸고 있던 옆 좌석의 어르신을 바라보았다. 비스듬히 기댄 채로 깊이도 잠든 어르신은 엄마보다 적어도 열 살은 많아 보였다. 그런데 이마의 주름이 엄마보다 적었다. 엄마의 깊은 주름을 보며, 엄마에게만 더욱 가혹하게 내리쬐었던 햇빛의 날들을 더듬어 보았다. 다행히, 환했다.

그러다 서울에서 있었던 사촌 동생의 결혼식 날, 부모님과 친척 어른들을 바래다주며 지하철에서 나누었던 아빠와의 대화가 생각났다. 자리가 너무 애매하게 났던 터라 결국 서로 마주 앉은 채로 터미널까지 가게 되었다. 엄마는 고모부와 함께, 아빠와 나는 그 맞은편에 앉았다. 건너편에 앉아 해사하게 웃던 엄마를 보며 아빠가 그랬다.

"너들 뭐해여. 얼른 돈 벌어서 엄마 주름 좀 펴 주지 않고."

엄마의 주름진 얼굴을 한참 동안 바라보는 아빠의 표정은 뭔가 아련했다. 아빠가 보고 있는 것은 내가 알지 못한 시절 속의 엄마일 것이었다. 그러다가 문득 한마디.

"그래도 너거 엄마 표정이 얼마나 천진하노."

세상에 천진이라니…. 아, 이렇게 보드랍고 사랑스러운 말이 있을까 싶어 나는 아빠의 거친 손을 꼭 잡을 수밖에 없었다.

사무실에서 화재경보기가 울린 날

작은 사무 공간이 다닥다닥 붙어 있는 합정동
의 오피스형 사무실에 다니던 시절이었다. 지인의 소개
로 몇 달간 콘텐츠 제작사 내 출판팀 PD로 일하다가, 인
문·역사서로 인지도를 쌓아 가던 작은 출판사의 편집자
로 이직을 했다. 출판사 대표는 기획·편집부터 편집디자
인까지 너끈히 해내는 베테랑 편집자였다. 그는 매주 수
요일마다 무언가 견딜 수 없다는 표정으로 사무실을 나
섰다. 기타를 배운다고 했고, 곧 아는 사람들을 불러 모
아 직장인 밴드를 결성할 것이라고 했다.

그가 기타 학원에 간 후 조용해진 틈을 타 새롭게 출
간될 자녀 교육서의 교정을 보던 어느 오후, 화재경보기

가 울렸다.

'아, 또 시작된 건가?'

한번 울린 경보기는 멈출 기미가 없었다. 누군가의 장난인 걸까? 아님 오작동인 걸까? 그 건물에서 일할 때, 종종 화재경보기가 때 없이 울렸다. 사무실에 있다 보면 바깥 상황은 전혀 알 수 없는 일인지라 서둘러 관리사무소에 전화를 넣곤 했다. 경비실의 안심해도 된다는 확답을 받고서야 자리에 앉았지만, 어쩐지 불안한 마음이 사그라지지 않았다. 마치 꺼진 불씨에 남아 있는 잔불을 바라보듯 서늘한 의심이 일었다. 사무실은 10층 건물의 8층이었고, 한 층에 우리와 같은 규모의 사무실이 어림잡아 열 곳은 족히 넘었다. 그런데 통화를 한 지 삼십 초도 안 돼 안심해도 된다는 대답을 들을 수 있다는 사실이 도무지 납득되지 않았다. 급기야 사무실 출입문에 한 발을 걸친 채, 복도 밖으로 고개를 비죽 내밀었다.

화재경보기가 울린 날이면, 복도 밖으로 고개를 내민 같은 층, 다른 사무실 사람들을 만날 수 있었다. 아무리 마주쳐도 처음 보는 것처럼 낯선 얼굴들. 이런 소란에는 어떻게 대처해야 할지 모르겠다는 난감한 표정으로 서로의 멀쩡함을 살피며 안도하던 그들 역시, 나처럼 플라스틱 삼디다스 슬리퍼를 신고 사각형 출입문에 한 발을 걸친 채였다. 801호의 여자도, 802호의 남자도, 803호의 나도… 무엇엔가 몰두하고 있다 황급히 웅크린 목을 길게 빼고 주의를 살피는 모습이, 영락없이 한 마리의 자라 같았다.

• 울산, 1박 2일

출판사를 퇴사하고 매체 기획자로 일할 때였다. 소속 기획팀에서 담당하던 자동차 부품 회사의 사보 관련 일로 급히 울산에 간 적이 있다. 일요일 아침 8시, 울산시에서 주최하는 마라톤 대회에 출전하는 임직원들을 촬영하고 인터뷰를 하는 건이라, 대회 시작 30분 전까지는 울산시립운동장에 도착해야 했다. 거래처 담당자로부터 업무 요청이 온 것이 금요일 오후, 약식 회의 끝에 업무 담당자로 지정받은 것은 퇴근 무렵이었다. 울며 겨자 먹기로 게스트하우스 한 곳을 물색해 간신히 숙소 예약을 마쳤다.

다음 날인 토요일 오후, 서울역에서 KTX를 탔다. 대구를 지날 때까지만 해도 짜증이 누그러지지 않더니, 울산역에 도착하면서 결국 자포자기의 마음이 되었다. 숙소에 도착한 것은 오후 다섯 시가 넘어서였다. 6인실의 2층 침대에 짐을 풀고 서둘러 숙소를 나왔다. 예약된 방이 좁았던 데다 2층 철제 침대 때문에 그 공간이 더욱 비좁고 답답해 보인 탓이었다.

저녁을 먹을 겸 숙소 근처를 배회하다가 백반 집에서 만 원짜리 정식을 먹었다. 책정된 식사비가 있었지만 그날은 규정을 크게 신경 쓰지 않았다. 밥을 먹고 나서도 곧장 숙소로 돌아가지 않았다. 식당에서 한참을 더 걸어 내려온 나는 대로변에 있는 카페에 들어가 배가 부른데도 자몽티를 주문했다. 메뉴판에서 가장 비싼 음료를 마시며, 카페 통창 앞에 앉아 노을을 보기 위해서였다. K에게 전화가 온 건 그때였다.

"잘 내려갔어?"

"응."

"목소리가 왜 그래?"

"기분이 좀 울적해서."

나는 한참 동안 낯선 도시에 와 있는 느낌에 대해 떠

들어 댔다. 그러다 금요일 오후에 주말 업무를 요청하는 거래처 담당자의 무례함, 주말 출근을 한다고 해도 휴일을 보전해 주지 않는 회사의 근무 환경에 대한 불만을 늘어놓았다. 새콤 달달한 자몽티의 맛과는 어쩐지 어울리지 않는 팍팍한 이야기를. K는 잠자코 내 말에 귀 기울였고, 통화 말미에 걱정이 돼서 그러니 늦지 않게 숙소에 돌아가라고 했다. 전화를 끊은 후, 나는 곧장 숙소로 돌아가야겠다고 마음먹었다. 그러고는 최대한 빨리 숙소를 향해 가다 말고 멈춰 섰다. 날은 어느덧 저물었고, 바람은 점점 차가워지고 있었다. 노랗게 불을 밝힌 가로등 아래에 서서 문득 낯선 도시에 혼자 있다는 건 이런 느낌이구나, 그것이 설령 잠시뿐이라도 누군가와 떨어져 홀로 있다는 건 이렇듯 많은 용기를 필요로 하는 일이구나 같은 새삼스러운 생각들을 했다.

숙소에 도착했을 때 6인실은 여행자들로 시끌시끌했다. 일행인 것처럼 한데 모여 스스럼없이 대화를 나누고 있었다. 캐비닛에 넣어 둔 파우치를 챙겨 서둘러 욕실에 다녀왔는데, 검은색 뿔테 안경을 쓴 여자가 맥주 한 캔을 건네며 말을 걸어 왔다. 수원에서 혼자 여행을 온 직장인이라고 자신을 소개하며 게스트하우스의 다인실 숙박은 늘 새롭고 신난다며 멋쩍게 웃었다. 맥주 한 캔을 홀짝홀짝 비우는 동안 돌아가는 대로 회사에 사표를 던지고 산티아고로 떠날 것이라고도 말했다. 여자는 묻지도 않은 말을 늘어놓더니 자신이 건넨 맥주에 입조차 대지 않는 나를 신기하게 바라보았다.

"약 같은 거 안 탔는데… 그리고 맥주는 시원할 때 마셔야 진짜 맛있거든요."

"아, 제가 내일 아침 일찍 중요한 업무가 있어서요."

"출장 중이신가 보구나. 나중에 내키면 마셔요."

그날 밤, 나는 열 시도 안 돼 오지도 않는 잠을 청했다. 처음 본 사람과 별다른 공통점 없는 대화를 계속해서 이어 가는 일이 조금 피로하게 여겨지기도 해서였다.

아침 일찍 일어났을 때 여자의 침대는 깨끗하게 정돈되어 있었다. 서둘러 다음 여행지로 떠난 줄로만 알았는데, 공용 부엌에 앉아 느긋하게 토스트를 먹고 있었다. 가볍게 목례를 하고 지나치는 내게 여자는 호일에 싼 토스트를 내밀었다. 아침 일찍 숙소를 떠나야 한다는 간밤의 내 말을 흘려듣지 않은 것 같아 미안한 마음이 들었지만, 그때나 지금이나 낯선 여행자의 호의를 잘 믿지 않는 편이다.

"아, 이러지 않으셔도 되는데… 잘 먹을게요."

토스트는 금방 만들었는지 뜨끈뜨끈했다.

"아네요. 일 잘 마치시고 조심히 올라가세요."

"아, 네. 산티아고 잘 다녀오세요."

좀 더 성의 있게 작별인사를 나누고 싶었는데, 그때 막 숙소 앞을 지나치는 택시를 잡기 위해 서둘러 손을 들어야 했다. 목적지였던 울산시립운동장을 말한 후 여자가 건넨 토스트를 먹기 시작했다. 갓 구운 식빵에 딸기 잼을 바른 것이 전부였지만, 너무나 익숙한 그 맛이 간밤의 맥주와는 비교할 수 없을 정도로 위안이 되었다. 차창 밖으로 스쳐 지나가는 아침 풍경을 멀뚱히 바라보며 내내 누군가에게 화만 내느라 낯선 도시를 제대로 바라볼 생각조차 하지 못했음을 깨달았다. 그 누군가가 다름 아닌 나라는 사실을 알아채기까지 별로 오랜 시간이 걸리지 않았다.

그날 이후 100일째 되던 날

　　퇴근길, 동네 역에 닿았을 때였다. 에스컬레이터를 타고 역사에서 내려오는데 지하철역 앞 광장에 사람들이 옹기종기 모여 있는 모습이 눈에 들어왔다. 촛불을 들고 서 있는 사람들의 모습에 아차 싶었다. 그해 봄, 제주도로 수학여행을 떠났다가 돌아오지 못한 아이들이 있었다. 아이들을 실은 한 척의 배가 진도 바다에 허망하게 가라앉은 그날은 꽃샘추위가 여전히 기승을 부리던 4월이었다. 이후, 바다에 가라앉은 배를 인양조차 하지 못한 채 어느덧 100일이라는 시간이 흘러가고 있었다.

　　광장의 사람들은 특별법 상정을 위한 서명을 받고 있

었다. 바다에서 돌아오지 못한 아이들을 위해서라고 했다. 서둘러 서명을 한 후, 종종걸음으로 마을버스에 올랐다. 버스의 출발은 마음 같지 않게 더뎠고, 나는 자꾸만 창밖을 향해 미끄러지는 시선을 거두었다. 그러다 요 며칠 출근과 퇴근 시간이면 빠짐없이 역사 앞에 나타나 알아듣지 못할 말을 시끄럽게 지껄이던 실성한 아저씨를 발견했다. 그는 담배와 가래침으로 오염된 더러운 광장에 엉덩이를 깔고 앉은 채 자신에게 할당된 촛불이 고요하게 타오르는 모습을 바라보고 있었다. 촛불을 든 그는 더 이상 실성한 사람처럼 보이지 않았다.

광장에 모인 사람들은 어딘가를 응시하고 있었다. 누군가 연주하는 구슬픈 기타 선율에 귀를 기울인 채. 서명을 받기 위해 간절히 구호를 외치는 사람들과 그들을 비켜선 채 무표정하게 사라지는 사람들 틈에서 광장은 조금씩, 조금씩 어두워져 갔다. 신기한 건, 광장이 어두워질수록 촛불은 점점 더 환해진다는 사실이었다. 문득, 모두들 자신 안에서 서서히 타오르는 빛을 바라보고 있구나, 거기까지 생각이 미쳤을 때 버스는 천천히 천천히 광장을 벗어나기 시작했다.

엄마와 함께 요플레를 먹은 날

몇 년 전, 수술을 한 후 본가에 머무를 때였다. 오일장이 서는 날이었는데, 참기름을 짠다고 장에 나간 엄마에게서 전화가 걸려 왔다.

"요간나, 뭐해여?"

"구들장 지지고 있지 뭐해여."

"하드 사가까?"

생전 없던 일이었다. 엄마가 먼저 하드를 사 오겠다고 전화를 한 건. 우리 집에서 즐겨 먹는 주전부리라고 해 봤자, 과일이나 떡 종류가 전부였다. 그런데 몸이 아파 집에 내려와 있는 딸이 안쓰러웠던지, 엄마는 어디 나갔다 들어오는 길이면 전화를 걸어 왔다.

"요간나, 뭐해여. 안 심심해여?"

'심심함'이란 단어는 여러 가지 의미로 활용되었다. 급히 무치느라 소금간이 적절히 배어들지 않은 나물류 반찬을 맛볼 때도 "안 심심하나?", 생각보다 길어지는 본가 생활이 무료하지 않느냐는 친구들의 질문에도 "안 심심하니?"가 따라붙었다. 그뿐인가. 엄마는 무료하게 무료 숙식 중인 딸내미 입 안 사정까지 염려하고 있지 않은가. 엄마에게 다 큰 자식의 의미는 무엇인지, 참 모를 것 같다가도 알 것 같은 순간이었다.

"안 심심해여."

"진짜로? 안 심심하다꼬?"

"심심해여."

심심하긴 했으나, 그 순간엔 그다지 하드가 먹고 싶지 않았다. 갑작스레 쫀드기가 당겼다. 읍내 터미널에서 집으로 돌아오는 시내버스를 기다리고 있을 엄마는 어쩌면 계산대 앞에 색색들이 꽂혀 있는 쫀드기에 무심히 시선을 주었을지도 몰랐다. 질겅질겅한 먹을거리를 바라보며 이렇게 생각했을 테지.

'저 쫀드기는 요간나가 참 좋아하는 긴데. 사 갈까,

말까.'

나 역시 쫀드기를 떠올렸다. 세상 불만을 한가득 짊어진, 한 시대 청춘의 표상이었던 흑백 포스터 속 제임스 딘의 굵게 주름 잡힌 이마를 보듯 절로 미간을 찡그리게 되는 맛, 그가 피워 물었던 담배처럼 질겅질겅 씹고 싶은 불경한 주전부리.

"엄마, 쫀드기."

"이에 좋지도 않은 걸 뭐 하러?"

"이 아프게 씹는 게 쫀드기지! 사 올 거래? 안 사 올 거래?"

다 큰 딸이 핸드폰 너머에서 일곱 살 어린아이처럼 조르는 게 부끄러웠는지, 엄마는 가타부타 대답도 없이 전화를 끊었다. 얼마 후, 고소한 참기름 몇 병을 품은 엄마가 돌아왔다. 그러고는 몇 가지 주전부리를 거실에 부려 놓았다. 그 안에는 다행히 쫀드기가 있었다. 나는 쫀드기부터 씹으려다 말고, 얇은 검정 봉지 안에 들어 있는 딸기맛 요플레 한 세트를 가만히 바라보았다.

"웬 요플레?"

"먹고 싶어서 샀다, 왜?"

이런 말이 신기하게 들릴 수도 있겠지만 당시만 해
도, 엄마가 요플레를 먹는 걸 본 적이 없었다. 요플레를
보는 순간 만감이 교차했다. 처음에는 언제나 다른 살 것
과 우선순위를 비교하며 마트의 진열대 앞에서 요플레
하나 마음 편히 담지 못했을 엄마의 얼굴이 떠올랐다. 다
음으로는 엄마의 마음이 읽혔다. 엄마라고 해서 왜 먹고
싶은 과자가 없을까? 엄마를 손바닥 크기만도 못한 요플
레 앞에서 주저하게 만든 시간이 어쩐지 야속하게만 느
껴졌다.

　　어느새 집에 돌아온 아빠까지 합세해 밥상 앞에 둘
러앉았다. 누가 먼저랄 것 없이 요플레의 뚜껑을 뜯었다.
엄마는 뚜껑에 묻은 요플레부터 혀로 할짝할짝 핥기 시
작했다. 소녀처럼 날름날름 움직이는 엄마의 붉은 혀를
보다가, 쫀드기 생각은 간데없이 갑자기 웃음이 터졌다.

　　'도대체, 요플레를 먹을 때 뚜껑부터 먼저 핥아야 한
다는 걸 알려 준 사람은 누구일까?'

　　내 혀마저도 자연스레 뚜껑을 핥는 이 기막힌 현실에
말문이 막혔다. 그나저나 아빠도 뚜껑을 핥을까? 그런데
어쩌지? 아빠의 요플레 뚜껑은 이미 엄마 차지였다.

노르웨이에서 온
'생명의 물'을 마신 날

       이사를 앞둔 친구 J의 집에 들렀다가 우연히 양주 네 병을 받아 왔다. 이삿짐을 정리 중이던 그녀에게 원래는 작은 선반 하나를 받아 올 작정이었는데, 계획에도 없던 양주를 받은 것이다. 물론 병째 가득 차 있던 술을 가지고 왔다면 (나를 위해) 안 될 일이었지만, 마시다가 보관해 둔 것들이라고 했고, 한 번도 맛본 적 없는 '누군가 먹다 남긴 이국의 술을 맛본다'는 면에서 묘한 끌림이 일었다.

    선반에 놓인 술의 양은 제각각이었다. 이국의 술은 이름도 이름이었지만, 무엇보다 제조된 술병의 그립감이 매력적이었다. 문득 한 번도 맛보지 못한 술의 주인이 되고 싶었다. 처음에는 J의 집에 있는 몇 가지 주전부리를 안주 삼아 가볍게 시음만 해 볼 생각이었다. 결국 보드카 두 잔을 연이어 꼴딱꼴딱 비운 후 알딸딸하게 술이 오른 가운데 집을 나섰다.

마을버스가 방지 턱을 덜컹거리며 지나갈 때, 에코백에 넣어 둔 술병이 자기들끼리 부딪치며 덜그럭덜그럭 소리를 냈다. 술병이 깨질세라 꼭 안아 든 모습이 마치 알코올 중독자 같았지만, 취기가 어느 정도 올랐을 때는 그러한 가정법마저도 좋았다. '그래, 나는 시방 위험한 술꾼이다!' 내지는 '보이는가, 이국의 술! 그 술의 주인이 바로 나다, 나!' 하곤 피식피식 실소를 터트렸다.

그날 저녁, 취중으로 구민센터의 필라테스 강습을 들었다. 평소라면 수업을 빼먹었겠지만, 왠지 그날은 그러고 싶지 않았다. 야심차게 세운 계획을 고작 술기운에 어그러뜨리고 싶지 않았다. 담당 선생님은 필라테스의 원리에 대해 차근차근 설명해 주었다. 그녀의 가르침에 따라 오랜만에 가볍게 몸을 쓰고 움직였다. 고개를 까닥이고, 가슴을 펴고, 다리를 움직이자 목구멍에서 '잠시 멈춤' 하고 있던 알코올이 핏줄을 타고 금세 퍼져 나갔다.

운동을 마치고 구민센터를 나선 길, 찬 공기를 마시자마자 번쩍 정신이 들었다.

'이게 무슨 짓인가?'

다음 날 늦은 밤, 술 생각을 참지 못하고 다용도실의 문을 열었다. 때마침 K에게 전화가 걸려 왔다.

"뭐해?"

"아, 술 한잔하려고."

"혼술?"

"응, 그렇지."

"우울증이야 뭐야? 갑자기 혼자 술을 마시고 그래."

그저 술 한잔하려 한다고 말했을 뿐인데, 우울증이냐는 답이 돌아오다니.

"괜찮아, 가볍게 한 잔만 할 거니까."

전화를 끊고 우울해졌다. 혼술을 하는 게 우울해서가 아니라, 혼술 자체만으로 나를 우울한 사람으로 정의해 버리는 일이 어쩐지 마뜩지 않아서였다. 하지만 나는 술 한잔을 포기할 수 없었다. 다용도실에는 덜그럭덜그럭 소리를 내며 들고 온 네 병의 양주가 있었고, 그래, 그 술의 주인은 다름 아닌 나였으므로. 원산지가 각기 다른 술이 주는 묘한 설렘을 포기하고 싶지 않았다. 그날은 나의 방에서 가장 먼 노르웨이로 날아가 보기로 했다. 샬롯(Charlotte, 노르웨이에서 인기 있는 여자아이 이름 중 하나로 '자유의 몸'을 뜻한다)이 되어 마시는 '아쿠아비트.'

"아쿠아비트는 라틴어로 '생명의 물'이라는 뜻이래요."

J는 이 술을 에코백에 담아 주며 가장 근사한 안주를 권하듯 술의 제조법을 알려 주었다.

"술을 실은 배를 바다에 띄우는데 그 출렁거리는 배의 움직임으로 술이 익어 간대요."

그날 밤, 생명의 물을 양껏 들이켰다. 잔잔했던 머릿속이 술을 실은 배처럼 천천히, 천천히 출렁거리기 시작했다.

휴가가 끝난 큰언니의 출국일

　　두 아이의 엄마가 되기 전, 중국 심천에서 회사생활을 하고 있던 큰언니가 휴가차 한국에 들어온 적이 있다. 며칠의 휴가는 순식간에 지나고 어느새 출국을 하루 앞둔 밤이 되었다. 일하는 시간을 제외하곤 내내 붙어 지냈음에도 나는 어쩐 일인지 큰언니와 충분한 시간을 갖지 못했다는 아쉬움을 느꼈다. 대화를 하다 말고 어느새 깊이 잠든 우리는 다급히 울리는 알람 소리에 번쩍 눈을 떴다. 해도 뜨지 않은 어슴푸레한 새벽녘, 물세수로 겨우 눈곱만 뗀 큰언니가 커다란 캐리어를 끌고 집을 나섰다.

　　"피곤할 테니, 더 자."

당시 취준생이었던 남동생이 공항버스가 오는 버스 정류장까지 배웅을 나갔다. 큰언니는 어둠 속으로 사라지기 전, 두 여동생의 어깨를 따뜻하게 매만지며 말했다.

"잘 살아라."

그 한마디에 갑자기 우리가 함께 살 때가 생각났다. 대학 입학과 함께 서울에 올라온 나는 본가에서 보낸 몇 박스의 짐과 함께 큰언니가 사는 방에 부려졌다. 취업과 함께 작은아버지 집을 나와 새롭게 살림을 낸 큰언니의 방으로 작은언니의 화구통이, 작은언니의 화구통으로 더욱 비좁아진 방에 몇 권의 내 책 짐이 얹혀졌다. 그렇게 세 자매가 옹기종기 모여 지지고 볶고 살았던, 햇볕이 잘 들지 않는 2층 뒤편 방에 살 때가.

당시 큰언니는 수원에 있는 대기업에 다녔다. 새벽여섯 시 반이면 집을 나서던 큰언니를 매일 배웅한 건 대학생인 나였다. 퇴근 시간 평균 아홉 시, 연차가 쌓이고 돈을 많이 벌수록 큰언니의 출퇴근 시간은 대중이 없었다. 대기업의 생리를 제대로 알게 해 준 그 회사를 돌연 그만두고 싶다고 말했던 건, 큰언니가 일본으로 여름 휴가를 다녀온 후였다.

서울에 올라와 처음 살게 된 다세대주택은 대문 하나를 여러 세대가 함께 썼다. 그 골목엔 비슷한 형태의 집들이 수없이 많았다. 집 밖 골목길은 좁고도 좁아 지나가는 사람들의 발소리, 퀵 배송 일을 하던 반지하방 아저씨의 오토바이 엔진 소리, 뻔질나게 싸우던 2층 앞집 부부의 목소리가 가로막힌 벽을 뚫고 아무렇지 않게 흘러들어 왔다. 저녁 아홉 시 무렵이면, 당시 인기리에 방영 중인 대하드라마를 본방 사수하겠다고 저 골목길부터 달려오던 큰언니의 총총거리는 구두굽 소리, 계단을 타고 올라오던 거친 숨소리를 들을 수 있었다. 나는 지금도 그 소리를 고스란히 기억하고 있다.

스무 살의 대학 생활은 기대처럼 재밌었지만, 공연히 공허했다. 교양 강의를 째고 홀연 집으로 돌아와 두 언니가 퇴근하기만을 손꼽아 기다리던 저녁이 있었다. 작은언니가 퇴근을 해서 제 할 일을 하겠다고 작은 방문을 꼭 닫아 버리면, 함께 큰 방을 쓰던 큰언니와 나는 드라마를 보겠다고 서둘러 TV 앞에 엉덩이를 붙이고 앉았다. 드라마를 보면서 깔깔거릴 때면 그제야 불안했던 마음이 누그러졌다. 그때 나는 언제나 큰언니와 함께 살 것 같았다. 그런 시간들이 변함없이 우리 곁에 머무를 것만 같았다. 나이를 먹지 않을 것만 같았다. 하지만 그렇게 함께한 시간은 이십 대 초반의 단 몇 년에 불과했다. 행복했던 시간은 그리 짧았다.

큰언니가 공항으로 떠난 후 곧장 잠이 깰 것 같았는데 직장인의 새벽잠이란 세상 달콤하기도 하여, 평소 설정해 놓은 알람이 울릴 때까지 어설피 쪽잠이 들었다. 짧은 잠 속에서 꿈을 꾸었다. 큰언니와 나, 우리는 공항의 한 카페에 앉아 따뜻한 아메리카노를 마시고 있었다. 2층 뒤편 방에서 전세금을 올려 이제 막 2층 앞집으로 옮겨 살게 된 우리가 평소처럼 꿈꿀 수 있는 여유는 아닌 듯 보였지만, 그래도 꿈은 꿈이었으니까. 우리는 말없이 차창 너머 활주로를 타고 비행기가 이륙하는 모습을 바라보았다. 큰언니의 얼굴 위로 따뜻한 햇살이 내리쬐고 있었다.

나는 큰언니와의 재회를 늘 그렇게 꿈꾸었다. 멋있는 커리어 우먼이 되어 만나는 상상, 포근한 모닝빵을 씹으며 한 잔의 커피를 여유롭게 마시는 상상, 우리 앞에 거칠 것 없는 미래가 매끈한 아우토반처럼 펼쳐져 있을 것이라는 상상. 물론 이제는 그때와는 사뭇 다른 인생의 풍경이 펼쳐지게 되었지만. 여자의 인생에서 언니라는 존재가 얼마나 좋은 영향력을 끼치는지, 가슴 한구석이 뭉근히 따뜻해지는 그 존재의 의미를 제대로 설명하고 싶어 나는 자꾸만 자꾸만 '언니', '언니' 하고 부르게 된다.

고향집에서 보낸 황금 휴가

어느 해의 봄, 휴일과 휴일 사이에 연차를 덧대자 나흘간의 휴가가 되었다. 회사 동료들과 친구들은 이런 일정은 쉽게 나올 수 없는 만큼 비행기를 타야 한다고 목소리를 높였다. 누군가는 아쉬운 대로 제주도나 부산에 가라고 했지만, 별로 끌리지 않았다. 나는 나만의 방식으로 쉼을 누리기 위해 휴가가 시작되자마자 본가에 내려갔다.

집에 내려간 첫날부터 아침이면 뒤뜰을 걸었다. 5월이었고, 온 산천에 퍼진 짙고도 짙은 아카시아 향기를 맡기 위해서였다. 집과 뒷산의 경계에는 봄이면 짙은 향을 풍기는 아카시아 나무가, 뒷산 둔덕에는 가을이면 바람

결에 후드득 열매를 떨어뜨리는 꿀밤나무*가 있다. 꿀밤나무에 기대앉으면 언덕 너머, 파란색 페인트칠을 한 교회의 첨탑이 보였다.

오래전, 해 질 녘 그곳을 바라보며 누구도 내주지 않은 그림 숙제를 하던 아이가 있었다. 아이는 답답할 때면, 스케치북을 들고 뒷산에 올랐다. 학교를 마치고 집으로 바로 오지 않았다고 아빠에게 혼쭐이 났을 때도, 피아노 학원을 보내 달라 마음먹고 졸랐건만 엄마에게 기어이 안 된다는 대답을 들었을 때도 마찬가지였다. 아이는 곧장 그림을 그리지 않았다. 꿀밤나무에 등을 기댄 채 눈을 감고 거센 파도가 이는 마음이 잔잔해지기만을 차분히 기다렸다. 하늘을 향해 기세 좋게 가지를 뻗은 꿀밤나무는 따뜻한 온기로 아이를 감쌌다. 얼마쯤 지나 아이는 눈을 떴다. 언덕 너머, 교회의 풍경을 그리고 싶어서. 아이의 눈에 시골 풍경은 지나치게 단조로웠으므로, 심심한 풍경 속에서 심심하게 죽어가는 상상을 하던 아이는 언덕 너머 첨탑이 가리키는 저 먼 곳으로 나아가고 싶었다.

◆ 경상도에서는 도토리나무를 '꿀밤나무'라고 부른다.

시간이 흘러, 아이는 파란 대문 밖 너머 매끈한 신작로가 깔린 세상으로 나아갔다. 손님 두엇이 들어서면 꽉 차는 동네 담뱃집과는 비교조차 할 수 없는 크기의 슈퍼와 편의점, 버스 한 번이면 갈 수 있는 대형 스크린을 보유한 영화관, 지하철 출입구와 곧장 이어지는 수천수만 권의 책이 구비된 대형 서점, 무릎을 꿇고 서비스를 받으며 식전 빵을 무한으로 제공해 주는 패밀리 레스토랑이 있는 곳으로. 지나치게 단조로운 시골과는 달리 도시는 시각과 후각을 만족시키는 다양한 즐거움이 존재하는 곳이었다.

　그러나 그때마다 아이는 어린 시절 큰언니와 고향에 남은 세 남매가 자주 편지를 주고받던 기억이 떠올랐다. 대학생이 되면서 서울로 떠난 큰언니의 편지에는 서울살이의 어려움이 즐거움만큼이나 빼곡히 적혀 있었다. 스무 살의 큰언니는 세 남매의 천방지축 학교생활에 대해서 궁금해했고, 어느 날의 편지에서는 고해성사를 하듯 그런 말을 했다.

　"있지. 눈을 감으면 환청처럼 뻐꾸기 소리가 들려. 달큰한 아카시아 향기를 맡고 싶어."

뻐꾸기와 아카시아라니. 큰언니는 종종 고향에 대한 그리움을 청각과 후각의 이미지로 표현하곤 했다. 그러나 아이는 먼 곳에 있는 큰언니의 감정이 쉽게 와닿지는 않았다. 아주 가끔, 저곳 도시에서 이곳이 생각나지 않을 정도로 시각적이고 미각적인 것들을 즐겁게 경험하고 있을 큰언니가 부러 거짓말을 하고 있다고 생각했으므로. 아이는 새로운 문화를 받아들이고 그 생활을 한껏 즐겨도 모자랄 스무 살 꽃다운 나이에 뻐꾸기 소리와 아카시아 향기 타령을 하는 큰언니를 이해할 수 없었다.

아이는 나이를 먹었다. 서울살이에 대한 동경으로 가득했던 이십 대를 지나, 서울살이의 녹록지 않은 현실을 깨닫게 된 삼십 대가 되면서부터 편지에 담긴 큰언니의 마음을 이해하게 되었다. 서울로 올라오는 길의 '고단함'. 자취방에 짐을 부려 놓을 때면 일부러 단호하게 굴던 '행동들'. 지친 몸을 뉘일 때 느꼈던 어쩔 수 없는 '고독함'…. 성인이 된 아이도 어느새 고단함과 고독함을 방패삼아 씩씩하게 행동하기 시작했다. 그때의 큰언니처럼 자신이 떠나온 그곳으로, 훼손되지 않은 원형의 모습 그대로 돌아갈 수 없다는 사실을 알게 되었기 때문이다. 집에 내려갔다 올라온 날이면, 그동안 망각과 상기를 반복하며 서울이라는 도시에 힘겹게 적응해 왔음을 깨닫고, 이내 서글퍼졌다.

나는 뒤란에 서서 아카시아 향기를 맡으며 뒷산 꿀밤나무에 기대 그림을 그리던 한 아이를 떠올렸다. 눈을 감고 마음속에 이는 거친 파고를 가라앉힌 아이가 스케치북 위에 맨 처음 그린 것은 교회의 뼈대였다. 뼈대를 세우느라 아이는 첨탑에 걸린 해를 오래오래 바라보았다. 그러다 시린 햇살에 눈을 잠깐 찡그렸을 뿐인데, 사람의 기척에 놀란 듯 포르르 날아오르는 새 떼를 보느라 잠깐 고개를 갸웃거렸을 뿐인데…. 그러는 사이, 아이의 키는 꿀밤나무만큼 자랐다. 후드득 열매를 떨어뜨리듯 집을 떠났다. 그리고 잠결이면 아카시아 향을 그리워하는 몸만 훌쩍 큰 어른이 되었다.

딱 하루 출근했던 그곳에서의 하루

입춘이 지난 후 첫 한파가 기습적으로 찾아온 그날은 유독 쾌청했다. 사람들과 점심 식사로 들깨 수제비를 먹는 둥 마는 둥 하고 식당을 나왔을 때 좁쌀만 한 하얀 알갱이가 한 점 한 점 바닥으로 떨어지고 있었다. 무리 중 누군가 입을 열었다.

"와, 눈이다."

눈이 내리고 있었다. 맑은 하늘, 어딘가에서.

"어머, 호랑이가 장가라도 가나 봐."

너무나 맑은 하늘에서 눈이 내린다는 사실이 신기하다는 듯 누군가 또 혼잣말을 했다. 종종걸음으로 무리를 뒤따르며, 그 말을 조용히 따라 했다.

-눈.이.오.는.구.나.

오랜만의 출근이었다. 지금보다 몇 살쯤 어렸던 나는, 입사를 한 후 딱 하루만 출근하게 될 것이라고는 미처 생각하지 못했다. 아주 잠깐, 무리에 섞이면 무리가 된다는 사실이 내내 뜬구름처럼 흘러가고 있던 마음을 어딘가에 붙박았으므로.

곧장 사무실로 돌아왔다. 첫 출근 날부터 요청받은 업무를 처리하기 위해서였다. 외국계 회사의 애뉴얼 리포트를 조사해 리뷰를 하는 일이었다. 어쩐지 마음이 조급했다. 잘하고 싶다는 부담감이었는지, 잘할 수 없을 것이라는 두려움 때문인지도 몰랐다. 회사 홈페이지를 찾아가 기업 홍보 카테고리와 연동된 영문 버전의 피디에프 파일을 받아 넘길 때마다(파일당 용량이 제법 컸다) 마우스가 말썽을 부렸다. 정확히는 마우스의 오른쪽 버튼이 제대로 먹히지 않아 심장이 자꾸만 벌렁거렸다. 마우스를 바꿔 달라고 말하고 싶었지만, 파티션 너머의 사람들은 다들 저마다의 업무를 처리하느라 바빠 보였다.

클래식 음악이 흐르는 사무실의 분위기도, 탕비실에 놓여 있던 고가의 드립머신에서 내려 마신 원두커피도 나쁘지 않았다. 다만, 낯선 사무실의 분위기가 나를 숨 막히게 했다. 사람들은 조용한 가운데에서도 그들끼리 재잘재잘 떠들며 이야기를 나누었다. 그들과 등을 지고 앉은 채 여전히 이해하기 어려운 이국의 텍스트를 훑어 내리느라 진땀을 빼야 했다. 시간이 얼마쯤 흘렀을까. 무리 중의 누군가가 소리쳤다.

"와, 눈 엄청 와요. 조금씩 내리기 시작하더니 금세 함박눈으로 바뀌었나 봐."

"인증샷 찍어야겠다."

"아, 뭐야. 오늘 퇴근길 귀찮아지게 생겼네."

회백색 건물의 2층 전체를 쓰고 있던 사무실의 창문은 통창 구조였다. 그날 하루 임시로 배정된 자리, 혼자만 유리창을 등지고 앉아서였을까. 커다란 창문 밖으로 눈이 내리고 있다는 사실을 새까맣게 몰랐다. 그와 동시에 무음 상태로 놓아 둔 휴대폰 액정이 눈에 들어왔다. K의 메시지가 이미 한 시간 전에 도착해 있었다. K도 함박눈을 보고 있었는지, 거기에도 단 여섯 자의 문장이 찍혀 있었다.

와! 눈 엄청 온다.

그런데 창으로 눈을 돌려도 눈 내리는 모습이 전혀 보이지 않았다. 그럴 수도 있는 걸까? 아마도 몇 시간 동안 모니터에 두 눈을 고정한 채, 이국의 언어와 고군분투하느라 그런 거겠지 싶었다. 눈이 내리기 시작하자 갑갑했던 사무실에 활력이 감돌았다. 새하얗게 내리는 눈이 마치 모든 근심을 덮기라도 한 것처럼.

"퇴근할 때 눈사람이라도 만들까?"

"으으. 밤 되면 엄청 더 추워진대요. 전 칼퇴 예정요."

여러 말들이 수런거리며 귓가를 훑고 지나갔지만, 미동조차 할 수 없었다. 그날은 아무도 정시에 퇴근하지 못했다. 창밖은 삽시간에 캄캄한 어둠에 파묻혔고, 호기롭게 정시 퇴근을 외치던 사람들은 굳게 입을 다물었다.

퇴근 전까지 나는 창문 쪽을 바라보지 않았다. 내 마음이 눈 내리는 창밖까지 가닿지 않을 만큼, 어딘가로 멀리멀리 부표처럼 표류 중이었으므로. 수평선 저 끝까지 떠밀려 나간 한 척의 통통배가 된 심정으로 육지를 바라보는 일, 그 일에 무슨 감정을 갖다 붙일 수 있을까? 그 순간, 나의 책상이 인도네시아에 떠 있는 수천, 수만 개의 섬들 중 하나가 된 것만 같았다. 육지에서 외따로 떨어진 이름도 없는 무인도. 아니, 그 무인도에 홀로 남은 사람. 영문도 모른 채 무인도로 떠밀려 온 사람이 된다는 건, 바로 이런 기분이겠구나 싶어서. 그렇게 그 섬에서 하루를 살다 갔다. 하루살이처럼.

너의 말이 서운하게 들렸던 날

친구 오리에게 전화가 온 것은 밤 열한 시가 넘어서였다. 오리는 퇴근길이라고 했다. 구두 굽 길게 끄는 소리, 언덕을 올라가는 힘겨운 숨소리로 짐작컨대, 오리는 하루의 피로를 고스란히 짊어진 채 언덕배기 자취방으로 걸어가는 중이었다. 몇 개월 만에 걸려 온 반가운 전화였지만, 실은 오리 얼굴을 못 본 지는 그보다 더 돼, 아주 가끔 우리가 중학교 때 쉬는 시간마다 화장실 문 앞을 뻔질나게 지켜 주며 영원한 우정을 맹세했던 '베스트 프렌드'가 맞나 하는 생각이 들곤 했다.

그러나 서른이 넘어서도 '베스트 프렌드'라는 표현이 주는 묘한 마력은 유효했다. 어떤 불편함도 무장 해제

하는 편안함, 너에 관한 이야기라면 무엇이라도 들어 주겠다는 관대함. 그런데 사회에 나가게 된 후 가끔 오리와 통화를 할 때마다 그녀가 일방적으로 쏟아 내는 이야기를 듣는 일에 지쳤고, 어느 결에는 대화가 끊겨 곤혹스러웠다. 현재의 공감대가 허약해지면서, 우리는 무슨 이야기를 나눠야 할지 몰라 종종 헤매는 사이가 되었다. 그래도 연락은 지속적으로 이어졌다. 마치 그것이 베스트 프렌드의 본분이라는 듯.

"뭐해?"

수화기 너머 오리가 마치 어제 헤어진 사람처럼 근황을 물었다.

"아, 자고 있었어. 퇴근 중?"

"어."

"고생 많대이. 늦게 끝났네?"

"응. 요새 일이 좀 많다. 힘드네."

그날은 나도 울적했다. 계속되는 야근으로 컨디션은 저조했다. 더욱 최악은 매번 낮밤 없이 걸려 오는 거래처 담당자의 전화였다. 그즈음 일과 시간에는 담당자를 상대하느라 업무가 잘 진행되지 않을 정도여서, 일과가 끝난 후 근근이 마감 기사를 쳐내고 있었다. 오랜만에 일을 끊고 일찍 퇴근한 그날도 담당자에게 전화가 올까 노심초사했다. 발신자 번호를 보고는 담당자가 아닌 오리라는 것을 알고 안도했지만, 맨 먼저 든 생각은 '받지 말까?'였다. 이런 마음을 품는다는 것이 베스트 프렌드로서의 도리가 아님을 알면서도, 통화 종료 버튼을 누른 다음 이불 속으로 파고들고 싶은 마음이 굴뚝같았다. 하지만 그러지 않았다. 오리의 목소리가 못내 그리워서였다.

"근데, 니는 시간이 몇 시인데 벌써 자노?"

"뭐?"

그런데 대뜸 '벌써 자냐'고 묻는 오리의 말에 마음이 상했다. 그 문장에는 '열심히 사는 사람의 당당함'이 은연중에 배어 있었는데, 왠지 그날만큼은 너무도 열심히 사는 오리와 통화를 이어 가고 싶지 않았다.

"야, 다음에 통화 하재이. 오늘 나도 컨디션이 영 별로다."

"아, 글나?"

오리는 예상치 못한 나의 반응에 '어어' 하는 추임새만 넣다가 전화를 끊었다. 그렇게 전화를 끊었지만 전혀 미안한 마음이 들지 않았다. 힘겹게 언덕길을 오르고 있을 그녀에게 이렇게 소리쳐 말하지 못한 걸 후회했을 뿐.

-너, 너무 열심히 살지 마. 그리고 내게 전염시키지 마. 열심히 사는 일이 당연한 것처럼.

나는 오지도 않는 잠을 청하며 눈을 감았다. 눈을 뜨고 있어도 눈을 감고 있어도 별 하나 보이지 않는 캄캄한 밤이었다.

무주, 1박 2일

현충일을 앞두고 회사에서 각자 업무를 보고 있던 우리는 간만에 여행 계획을 세웠다. 어디로든 떠나자는 친구 A의 간곡한 호소가, 각자의 사무실에 앉아 모니터만 죽어라 쳐다보던 친구 B와 나를 단합시켰다.

"좋아, 떠나자."

친구들과의 여행은 참으로 오랜만이었다. 목적지는 무주. 무주에 가기로 한 것은 A가 무주군에서 열리는 산골영화제에 가고 싶다고 해서였다. A가 운전을 하고 B가 보조석에서 내비게이션을 담당하는 동안, 나는 뒷좌석에서 노래를 부르며 어깨춤을 추는 기쁨조 역할을 했다.

무주는 생각보다 멀었다. 일단 휴일을 앞둔 토요일이

라 수도권을 빠져나가는 일부터가 만만찮았다. 어마어마한 교통 체증을 뚫고 오후 한 시를 넘어서야 수도권을 겨우 벗어났다. 전라도에 인접했을 때는 해가 저물고 있었고, 사방이 어둑어둑해져서야 무주를 알리는 표지판을 만났다. 무주 읍내에 도착한 것은 오후 여섯 시 무렵이었다.

무주는 높은 산에 둘러싸인 자그마한 도시였다. 읍내 중심에 있는 마트에 주차를 하고 간단히 장을 본 후, 축제 분위기에 휩싸인 장터로 향했다. 전통 시장의 각종 주전부리로 요기를 했다. 그중에서 처음 맛본 어묵은 한 번도 경험한 적 없는 맛의 감각을 일깨워 주었다. 이후 펜션에 짐을 풀고, 무주 산속에서 상영되는 산골영화제를 보러 갔다. 이미 꽤 많은 사람이 목이 좋은 자리를 차지하고 있었다. 우리는 스크린과 멀찌감치 떨어진 언덕배기에 자리를 잡았다. 영화가 시작되기를 기다리는 동안 산속 온도는 가파르게 내려갔다. 마시려고 준비해 간 맥주는 입에 댈 수 없을 정도로.

두 편의 영화를 보았다. 〈바다의 노래〉라는 제목의 애니메이션과 이 영화를 위해 이곳까지 왔다고 해도 과언이 아닌 〈아비정전〉. 애니메이션의 줄거리는 잘 기억나지 않는다. 그러나 아비정전에서 장국영이 속옷만 걸친 채로 맘보 춤을 추던 장면은 마치 어제의 일처럼 떠오른다. 그때껏 〈아비정전〉의 하이라이트 장면을 한두 번 본 게 아니었음에도, 산중 언덕배기에서 본 장국영의 모습은 색다르게 다가왔다. 스크린 속 장국영은 여전히 아름다웠다. 그의 대사 한마디 한마디를 듣기 위해 무주에 왔다는 생각이 절로 들 정도였다.

영화를 관람하는 동안은 이르게 찾아온 더위를 말끔히 잊을 수 있었다. 관람 팁을 숙지했기에 두터운 외투를 미리 챙겼지만, 중반부터는 추적추적 비까지 내려 영화를 끝까지 보지 못한 채 숙소로 돌아와야만 했다. 춥기도 추웠던 데다, 어이없게도 지쳐 버린 탓이었다. 숙소로 돌아온 우리는 몇 가지 안주를 곁들여 회포를 풀었다. 고단했던 탓인지 누가 먼저랄 것도 없이 잠들었다.

이른 아침, 서둘러 떠날 채비를 했다. 운전대는 여전히 A의 몫이었고, B가 내비게이션을 담당했다. 내려오는 길에서보다 현격히 떨어진 텐션, 뒷좌석의 나는 스트리밍 리스트에 있던 노래를 겨우 흥얼거리는 수준이었다. 그러다 A의 제안으로 들꽃이 무더기로 핀 섬진강 변에 차를 세웠고, 강변을 따라 꽤 오래 산책을 하며 사진을 찍었다. A가 꽃에 둘러싸인 B와 나를 찍어 주며 이렇게 말했다.

"야, 우리도 이제 나이 드나 보다. 꽃이 좋아지는 걸 보니."

"야, 징그러운 소리 마. 우리 아직 젊거덩."

우리는 나이를 먹고 있음을 실감하고 있었다. 한군데 더 들려? 누군가 의견을 냈고, 기다렸다는 듯 내가 옥천에 가자고 했다. 정지용 생가를 둘러보았고, 생가 인근의 한옥 카페에서 차를 마셨다. 고속도로를 탄 건, 오후 무렵이었다. 서울이 가까워졌을 때는 이미 사방이 컴컴해진 후였다. 강변북로를 달리면서 문득, 우리가 벌써 이렇게 어른이 된 건가? 하는 생각이 들었다. '어른'이라는 자각은 그렇게 우리를 관통하듯 지나갔다.

그로부터 몇 년이 순식간에 지나갔다. 무주 여행을 떠올리면 언제나 높은 산으로 둘러싸인 읍내의 전경, 무슨 맛인지를 헤아리느라 눈을 질끈 감으며 먹었던 어죽, 숲속에 설치한 대형 스크린 속 장국영, 꽃밭 속을 거니는 서로의 모습을 남기기 위해 고군분투하던 친구들의 몸짓 같은 것이 떠오른다. 그런데 단 하나, 친구들의 표정이 어땠는지는 잘 기억나지 않는다.

이를테면 그날 밤, 장국영의 하얀 속옷은 그대로였다. 2003년 4월 1일 거짓말처럼 우리 곁을 떠났지만 스크린으로 재회한 그는 변함없이 선한 얼굴, 슬픈 눈빛으로 우리에게 말을 걸어온다. 그러나 두 친구 중 A와는 여행 이후의 어느 날부터 더 이상 서로의 안부를 묻지 않는 사이가 되었다. 한 시절을 함께 보냈던 우리의 관계는 숲속에 흘려보낸 차디찬 맥주의 거품처럼 사그라지듯 끝내 꺼져 버렸다.

타인의 그림자를 훔쳐본 날

　　출근길, 버스를 타고 한 정거장을 갔을 때였
다. 문이 열리고 후다닥 사람들이 올라탔는데도 웬일인
지 출발 시간이 지체됐다. 앞쪽 창가 자리에 가까이 붙어
있던 내가 고개를 기울여 쳐다보니 한 여자가 커다란 짐
을 싣지 못해 낑낑거리고 있었다. 아무도 여자를 돕지 않
았다. 짜증이 인 버스 기사의 고함소리만 들려올 뿐.

　　"거, 참 출근 시간에."

　　여자는 아랑곳 않고 받아쳤다.

　　"저, 짐 좀 받아 주세요. 네!"

　　출입문에 바투 붙어 있던 덩치 큰 남학생 역시 핸드
폰만 쳐다보는 중이었다. 무관심으로 일관하는 태도에 선

뜻 내가 손을 내밀었다. 뭔가 그래야만 할 것 같아서. 그런 장면은 어디에선가 많이 보던 풍경 중 하나였으니까.

고향에는 닷새마다 장이 선다. 중학생 시절, 장이 열리는 날이면 나물 봇짐을 이고 지고 버스에 오르는 할머니들은 더 좋은 몫의 좌석을 선점하기 위해 아귀다툼을 벌였다. 이 마을과 저 마을 사이에서 서행과 멈춤을 반복할 때마다 푸성귀 냄새랄까, 네모난 버스는 싱그럽다 못해 날것의 향으로 가득 찼다. 그뿐인가. 짐을 싣고 올리는 어르신들로 출발 시간이 매번 지체됐고, 그들은 자신의 굼뜸을 타박하는 운전기사의 고성을 고스란히 상대해야 했다. 그러나 시골 버스 기사들이란, 목소리만 기차 화통을 삶아 먹은 것처럼 클 뿐, 매번 어기영차 구령을 붙이며 커다란 나물 봇짐을 호들갑스럽게 버스 위로 올려다 주곤 했다.

"할매요. 요기 꼭 붙잡고 서 있어야 됨미대이. 설렁설렁 서 있다 꽉 쓰라져 뿌리도 내는 몰래."

"아이고야, 알겠심대이. 이왕지사 불러 줄 거 할매 아이고 아지매라 불러 주면 얼매나 좋노."

"뭐라꼬요? 공짜 너무 바라시는 거 아잉교, 와하하하."

와자하게 웃음 터지던 그 아침의 기억은, 나에게 너무나 익숙한 밥벌이 풍경이었다.

가까이 본 그녀의 짐 더미 속에는 다양한 물건이 꽉 꽉 쟁여져 있었다. 팬티, 스타킹, 양말. 노점에서 장사를 하는 사람이구나. 햇볕에 한껏 그을린 얼굴이 유독 새카맸다. 그렇지만 푹 덮어쓴 모자 아래 눈빛만큼은 부끄럽지만 부끄럽지 않기에 단단해 보였다. 버스 안에서도 여자는 제 짐을 보살피느라 민폐였다.

사는 것은 무엇일까? 누구에게도 폐를 끼치지 않고 살 수 있을까? 버스 손잡이를 붙잡고 겨우 서 있던 내 자리마저 기어이 빼앗은 후, 푹 눌러쓴 모자의 챙을 끌어당겨 묵묵히 자신의 짐 가방을 챙기는 여자를 바라보며 그런 생각을 했다.

'당신도 나도 출근 중이니까. 어딘가로 하염없이 가야 할 당신의 그림자 역시 길겠지.'

할매의 장롱을 정리하던 날

　　할머니가 돌아가신 지 십 년이 되던 해, 엄마
는 작은 방에 있던 검은색 장롱을 할머니 곁으로 보내
드리고 싶다고 말했다. 그리고 내가 본가에 내려온 어느
날, 엄마는 내게 장롱 정리를 맡긴다며 커다란 포대 두
자루를 건네주고는 장에 나갔다.

　　"참기름 좀 짤라카는데, 떡집에서 백설기도 쪼매 사
고."

　　나는 서둘러 장바구니를 챙겨 나가는 엄마의 뒷모습
을 말없이 바라보았다. 그날은 하루 종일 비가 내렸다.
혼자 남은 나는 할머니가 쓰던 작은 방의 문지방에 한참
동안 앉아 있었다. 엄마가 왜 장롱 정리를 딸도 아닌 내

게 맡겼나 싶어서. 살아생전 할머니와 나는 오랜 시간 같은 방을 쓸 만큼 각별한 사이였다. 그 관계를 서울 삼촌도 막내 고모도 잘 알았지만, 내게도 할머니의 장롱 정리는 그리 간단한 문제가 아니었다. 정리에 앞서 어떤 행동도 섣불리 하지 않은 것은 할머니와의 '진짜' 이별을 조금 더 유예하고 싶어서였다.

마음을 단단히 먹고 장롱 문을 열자 경첩에서 나무가 쪼개지고 갈라지는 소리가 났다. 장롱 안엔 온갖 잡동사니가 있었다. 잡화점을 운영했던 막내 고모가 보내 준 니트류 모자, 목장갑, 꽃무늬 레이스 양산, 이제는 잘 꺼내 보지 않는 옛날 가족 앨범, 친구들과 때로는 어느 시기에 떨어져 살아야 했던 우리 네 남매가 주고받은 손 편지 같은 것들이 애써 정리할 필요가 있느냐고 항변하듯 마구잡이로 뒤섞여 있었다. 순간, 어디서부터 어디까지 정리를 해야 할지 몰라 곤혹스러웠고 다시금 장롱 문을 걸어 닫았다.

마음을 진정시킬 요량으로 '장롱, 장롱'이라고 나직이 중얼거렸다. 그러자 잊고 지냈던 할머니의 모습이 떠올랐다. 돌아가시기 전, 몇 번이고 장롱 속 서랍을 여닫던 가칠한 손등, 먼옷*을 매만지며 멀지 않은 시기에 다가올 죽음을 가늠하던 앙상한 어깨, "할매, 나 왔어!" 소리친 후 작은 방 문을 열면 "어데, 예지 왔나?" 하며 조글조글한 주름 속에서 형광등처럼 반짝 켜지던 두 눈이 말이다. 할머니의 장롱이었지만, 그 속에는 신기하게도 할머니의 물건은 거의 없었다. 먼옷은 할머니와 함께 진작 먼 곳으로 떠나 버렸다. 잠들기 전이면 늘 유리잔에 담가 두었던 틀니도, 고릿한 냄새를 풍기던 파자마도 이제는 먼 기억 속에 박제된 지 오래였다. 그러니까 장롱 속에는 할머니가 평생을 품고 살았던 남겨진 가족의 물건만이 채워져 있었다.

할머니가 돌아가신 후, 엄마는 채 정리되지 않은 장롱 속 물건을 들여다보며 애끓는 소리를 내곤 했다. "으휴, 저 귀신 같은 것들"이라고. 엄마는 늘 저리 거칠게 자신의 본심을 에둘러 표현하곤 했다. 그리운 마음, 미운 마음, 애달픈 마음이 들 때마다 더욱 모진 말을 내뱉었다. 한 사람에 대해 오직 한 가지만의 감정을 남기기란

◆ 수의를 일컫는 경상도 방언

어려운 일임을 더욱 잘 알아서, 엄마는 차마 할매의 유품이었던 장롱을 오랫동안 정리하지 못한 것일까?

나는 이제 와 새삼 엄마의 대리인이라도 된 것처럼 굳게 닫아 두었던 장롱을 다시 열었다. 그곳에 쌓여 한없는 시간의 무게를 고스란히 이고 진 채 낡아 버린 물건들을 바라보며, 그 오랜 세월 장롱을 정리하지 않은 이유를 생각했다. 커다란 장롱 속에다 닥치는 대로 욱여넣고 밀어 넣은 후, 꽁꽁 숨겨 두면 된 일이라고 여겼을 남겨진 자들의 감정에 대해서. 그리고 미뤄 두었던 숙제를 하듯 천천히 물건들을 분류해 냈다. 가족사진, 손 편지와 같이 끝내 간직해야 할 것들과 막내 고모가 보내 준 누빔 모자와 양산처럼 할머니 곁으로 보내 드려야 할 것들을 포대에 차분히 나누어 담았다. 그 행동은 다른 어느 때보다 과감하고 신중했다. 장롱을 정리하는 동안, 어느덧 비가 그치고 맑은 해가 비쳐 드는가 싶었다.

그날, 엄마의 귀가는 늦었다. 엄마 없이 장롱 정리를 하며 마음속에서 내내 떠나지 않은 물음에 대한 대답을 겨우 정리할 수 있었다. 내게 있어 사라지지 않고 남아 있어 더욱 몸서리치게 소중해지는 그런 것들은 무엇일까? 차마 귀신이 될 수 없어, 귀신 같은 것들로 남아야만 했던 어떤 잔재가 있다면 바로 이런 것일까? 돌이킬 수 없기에 더욱 절실해지는 나와 할머니, 그래, 할매와 엄마의 시간에 대해. 그리고 유년의 먼 기억 속, 작은 방에 우직하게 자리한 할매의 장롱에 대해 언젠가는 이야기할 기회가 있었으면 좋겠다고 생각했다.

엄마를 배웅하던 날 2

　　중국 심천에서 미국인 형부를 만나 상해에 정
착한 큰언니는 2018년 여름 난산 끝에 둘째 조카 대니
얼을 낳았다. 한 달 넘게 상해에 머물며 큰언니의 산후조
리를 도왔던 엄마는 더는 고향집을 비울 수 없다는 생각
에 한국으로 돌아왔다. 서울에서 하루를 보내고 기어이
집에 내려가겠다는 엄마를 동서울터미널까지 배웅하러
가는 길이었다. 강변북로를 따라 한강 변을 달리던 우리
는, 아무 생각 없이 한강에 대한 이야기를 나누었다.

　"엄마, 한강 한 번도 못 가 봤지?"

　"응, 못 가 봤지."

　날이 좋아서 그런지, 한강 변에 텐트를 친 행락객들

이 많았다. 강의 표면이 빛을 받아 반짝거렸고, 단풍이 든 나무 이파리가 바람에 이리저리 나부꼈다. 열어 둔 창문으로 달콤한 바람이 흘러 들어왔다. 저 멀리 따스한 바람을 타고 버블건을 들고 달리는 아이들의 웃음소리도 들려왔다. 문득, 첫째 조카 소라가 생각났다. 동생이 생겨서 얼떨떨해하고 있을 네 살 조카 소라가.

"엄마, 소라 어때여? 동생 생겼다고 샘 안 놔여?"

"지 엄마가 동생만 안을라치면 입술을 삐죽삐죽 거리대. 가시나가 고집이 말짱해여."

"지 동생 안 예뻐해여?"

"아이고 말도 마래이. 거들떠도 안 보고 지 혼자 장난감 갖고 놀더라."

"그래. 소라도 나름대로 적응할 시간이 필요하겠지."

엄마의 대답이 의외의 맥락으로 점프한 건 그때였다.

"뭐로. 저거 연이라?"

엄마는 나이가 들수록 그랬다. 상대방은 아랑곳 않고 자신만의 관심 영역으로 이야기를 전환했다. 그러니까 나와 한참 말도 안 되는 이야기로 으르렁거리며 싸우다가 갑자기, "내일 택배 부칠 낀데 멸치 좀 볶아 보내래?"

라며 화제를 바꿔 버리는 식이었다.

"응, 가오리연이네. 잘 나네."

순간, 두통과 함께 시작된 멀미에 잠시 눈을 찡그리느라 "우리 나중에 한강 갈까? 한강 진짜 좋거든. 요맘때 가면 강바람이 시원한 게 아주 끝내 줘"라고 말할 타이밍을 놓쳐 버렸다.

형부와 함께 공항에 배웅을 나온 큰언니는 같은 기종의 비행기를 타는 한국인 부부에게 김포공항까지 엄마가 안전하게 도착할 수 있도록 도와 달라고 부탁했단다. 시니어 승객들을 위한 항공사 동행 서비스를 신청하려고 했지만, 해당 서비스를 받기에 엄마는 (서류상으로) 아직 젊었다. 태어나서 동행인 없이 단 한 번도 비행기를 타 본 적 없는 엄마는, 어쩌면 당신 홀로 귀국길이 두려웠을 텐데도 선뜻 호의를 베풀어 준 젊은 부부를 따라나섰다. '도착하면 연락 하마'라는 짧은 메시지를 남긴 후 뒤도 돌아보지 않고 입국장으로 사라지는 엄마를 바라보다가, 큰언니는 왈칵 눈물이 터졌다고 했다. 그 말을 듣고 '울긴 왜 울어?'라고 되묻지 않았다. 큰언니의 마음

속 어딘가에서 참을 수 없이 차오른 울음의 정체를 알 것 같아서. 아이를 낳게 되면, 아이를 낳기 전에는 볼 수 없던 것을 보게 된다고 하니까. 아이를 낳게 되면 턱 밑의 심술주머니는 사라지고 눈가에 눈물주머니가 생긴다고 하니까. 엄마는 어느새 손주 둘을 둔 할머니가 되었고, 우리는 조금씩 나이 들고 있었으니까.

서울에 온 지 십수 년이 흘렀다. 한강은 친구와 뜻 없이 맥주를 한잔 마시기에도, 애인과 데이트를 하며 산책을 하기에도 좋은 장소였지만, 부모님을 모시고 나들이 한번을 못 갔다.

결혼 전, 그 흔한 밭농사 한번 해 본 일 없이 곱게 자랐던 엄마는 아빠와 결혼하면서 내성천이라는 아름다운 강을 낀 시골 동네에서 내내 포도와 수박 농사를 지으며 살았다. 늘 가까운 곳에 물을 두었던 덕분인지, 서울을 왔다 갔다 하면서도 엄마는 "한강이 그키 좋나?"라는 말씀 한번 하지 않았다. 어쩌면, 엄마는 한강의 이편에서 저편을 바라볼 때 느껴지는 다분히 도시적이면서도 인공적인 아름다움을 영원히 알지 못할 것이다.

그러거나 말거나 엄마는 아들이 태워 주는 차를 타

고 가서 좋다고 했고, 그 말을 들은 남동생은 여전히 알 수 없는 표정을 지었다. 뒷좌석에 앉은 나는 차오르는 두 근거림의 정체가 멀미인지 서글픔인지를 확인하기 위해 애썼다. 한강을 보고 있었는데, 고작 한강을 바라보는 일 정도였는데, 어느새 시간은 강처럼 흘러가 버린 건가 싶어 이렇게 중얼거릴 수밖에 없었다.

　'이건, 날씨 탓이야. 가을이라서 그런 거야.'

보리암에 올라간 날

　　지금은 남편이 된 남자친구와 함께 남해로 여행을 떠났다. 내려가면서 우리는 보리암에서 한려해상국립공원을 보자는 계획을 세웠다. 그랬던 데는 여행 내내 직사광선처럼 내리꽂는 무더위와 맑은 하늘이 한몫했다. 이 날씨라면 보리암에서 푸르른 남해 비경을 볼 수 있겠다 싶었으므로. 문제는 보리암 매표소가 있는 산 중턱을 향해 굽이굽이 올라가는 순간에 찾아왔다. 어쩌면 우리의 계획대로 말간 하늘 아래에서 남해 풍경을 보지 못할 수도 있겠다는 불안감이 스멀스멀 찾아왔다.

　　매표소에 도착했을 때는 이미 안개의 입김이 산 중턱까지 새하얗게 내려와 있었다. 7월 말, 극성수기임에도 불구하고 안개가 진군해 온 탓인지 매표소 앞 주차장은 보리암에 대한 사람들의 낮은 기대감을 반영하듯 텅 비어 있었다. 하지만 이대로 금산을 내려가는 것은, 어쩐지 시작도 하기 전에 무언가를 포기해 버리는 일처럼 여겨졌다. 남자친구의 한마디가 크게 작용하긴 했다.

"일단 가요. 막상 올라갔을 때, 어떤 풍경이 기다리고 있을지 알 수 없잖아."

다행히, 우리와 함께 티켓을 산 세 쌍의 부부 일행이 용기를 주었다. 이들은 오랜만에 동반 여행을 온 듯했다.

"우짜노. 고마 내리가까?"

누군가 묵직한 안개를 쳐다보며 실망하는 목소리를 냈고,

"여까지 왔는데, 가긴 어델 간다꼬. 안개가 축축헌거 보이 산속은 시원하지 안켔나?"

그들 중 누군가 불퉁대는 이들을 다독이며 보리암으로 기어이 이끌었다. 남자친구는 어쩐지 내키지 않은 얼굴로 흰 운동화의 발끝만 내려다보던 나의 손을 잡았다. 지체하지 말고 가 보자는 신호. 그들과 앞서거니 뒤서거니 하며 안개로 덮인 산길을 올라가기 시작했다. 산중으

로 들어서자, 거리감마저 가늠할 수 없게끔 안개의 기운이 강해졌다.

우리는 흡사 안개를 헤집고 올라가는 꼴이 되었다. 그러거나 말거나 모두들 산길을 따라 죽 늘어선 돌탑에 조심스레 돌 한 점을 쌓는 여유를 부렸다. 높다랗게 쌓인 돌의 기운을 빌려 해묵은 소원을 빌기 위해서였을까? 그들이 그토록 바란 소원은 무엇이었을까? 모르긴 몰라도 '보리암에 도착했을 때, 남해의 비경을 볼 수 있게 해 주세요' 같은 종류는 아니었을 것이다.

그들처럼 돌 한 점 한 점을 올릴 때마다 욕심은 무겁고 거대해졌다. '해 놓은 것은 쥐뿔 없지만, 가능하면 이전과는 완전히 다른 삶을 살게 해 주세요'와 같은 바람을 품었으니까. 인생역전과 일확천금, 고행 없는 풍요로운 미래를 염원했다가 돌탑 앞에 선 순간만큼은 '신묘한 기운이 날아갈세라' 순수한 얼굴로 사진을 찍었다.

안개가 훑고 지나간 숲속 나무들은 바람이 불 때마다 눈물 같은 빗물을 후드득 떨궜다. 처음에는 애써 맞춰 입고 간 커플 셔츠가 빗물에 젖는 것이 마뜩잖았다. 하지만 어느 순간에는 포기할 수밖에 없었다. 우리는 여행 중이었고, 여행에는 언제나 계획을 배반하는 순간이 찾아오기 마련이었으니까. 이런 변수쯤은 놀랍지도 않다고 생각하자 산길의 풍경이 조금씩 달리 보였다. 아마, 모두들 비슷한 마음과 속도로 보리암으로 향하고 있었을 테니 어쩐지 아쉬움보다는 안도감이 밀려왔다. 안개 속을 걷던 무리 중 어느 누구도 서두르는 기색이 없었으므로. 모두에게 안개의 위력은 공평하게 작용하고 있었으므로. 보리암으로 향하는 길, 돌 한 점 한 점 쌓아 올리며 빌었던 소원이 복잡 미묘한 안개 속에서 헤실헤실 풀어 헤쳐진다 한들 어떠랴.

돌계단을 따라 겨우 보리암에 닿았을 때, 예상했던 대로 한 치 앞도 가늠할 수 없는 짙은 안개로 인해 시야가 불투명했다. 보리암이 '관수세음보살님이 상주하는 신비로운 곳'이어서일까. 요지부동 안개로 꽉 막힌 시야. 그날 우리는 인터넷에서 본 푸르른 한려해상국립공원의 모습을 끝내 보지 못했다.

살구 밭에 딱새가 날아든 날

아빠에게서 살구 밭 비닐하우스 개폐기 컨트롤박스 속으로 두 마리의 새가 날아들었다고 메시지가 왔다.

야들아, 잘 있나? 재밌는 사진 좀 보여 줄까?

아빠는 두 마리의 새가 둥지를 짓는 모습을 곧장 핸드폰으로 찍어 보내왔다. 이후 새가 둥지 속에 여섯 개의 푸른 알을 낳았다는 사실을, 푸른 알을 깨고 나온 아기 새가 뒤엉켜 단잠에 빠진 모습을 매일매일 전해 왔다. 뒤엉켜 잠든 모습이 꼭 젤리 같던 새의 피부에 깃털이 하나둘씩 돋아나면서, 가족 대화방에는 어떤 새인지를 알아보기 위한 열띤 탐색전이 벌어졌다. 우리는 옅은 회색의 머리통, 흑갈색의 등과 날개, 주황빛이 도는 배 주변의 특징을 들어, 붉은머리오목눈이니, 종달새니, 박새니 하며 객관적인 정보와는 무관한 지식 뽐내기에 열을 올렸다. 그러다 포털사이트 지식인인 새 전문가를 통해 참새과 텃새의 종류인 '딱새'라는 사실을 알게 됐다. 검색창에 딱새를 검색하자, 신기하게도 사진 속으로만 보아왔던 새의 특징이 상세하게 기록되어 있었다. 몇 주 동안 지켜봤던 새의 정보와 정확하게 일치한 나머지, 우리 모두는 탄성을 내질렀다. 역시나 약은 약사에게, 새는 새 전문가에게 물어봐야 하는구나 싶어서.

이후, 아기 새 여섯 마리 중 네 마리가 까치에게 먹혀버렸고, 두 마리만 덩그러니 남아 둥지를 지키다 어느덧 둥지를 가득 메울 정도로 성장한 그 두 마리마저 떠났다는 소식을 연이어 듣게 됐다.

날아갔더라. 둥지가 텅 비었더라.

나는 몇 주간 딱새의 성장 과정을 찍어서 가족 대화방에 올리는 아빠를 보며, 새삼 아빠는 어떤 사람일까? 하는 질문을 던지고 퍽 난감함을 느꼈다. 적어도 내가 아는 젊은 시절의 아빠는 우리가 잘못을 저지를 때마다 어떻게 대처해야 할지 몰라 자주 애매한 표정을 지었다. 특히 본인의 뜻에 조금이라도 반하는 행동을 할 때면 어린 자식에게조차 불같이 화를 낼 때가 많았다. 가끔은 "다들 이불 개고 밥 먹어, 밥 먹어"와 같은 이상한 노랫말로 이불 속에서 늑장을 부리는 네 남매의 단잠을 깨우는 다감하고 유머러스한 분이었지만, 대체적으로 아빠를 생각하면 엄하고 냉정했던 표정과 말투부터 떠올랐다.

그랬던 아빠가 조금씩 변했다. 본인의 일터인 과수원을 돌아다니며 찍은 살구와 수박의 성장 사진을, 속내를 알 만한 별다른 메시지도 없이 가족 대화방에 올리고 가족의 열띤 반응을 살피며 즐거워하는 분으로. 그래서 비닐하우스 개폐기 컨트롤박스 속에 펼쳐진 딱새의 생을 가만가만 지켜보는 아빠의 행동은 내게는 놀라운 하나의 사건으로 저장되었다.

딱새 두 마리가 날아든 그날은 유독 바람이 불었다고
했다. 사나운 비도 자주 내렸단다. 아빠는 이제 겨우 신
혼집을 마련한, 그 신혼집에 여섯 마리의 생을 간신히 부
려 놓은 딱새를 얼마나 딱하게 여겼을까. 나는 텅 빈 둥
지를 바라보며, "날아갔더라"라고 표현하는 아빠의 한마
디에서 새삼스럽다는 듯 아빠의 존재를 응시하게 된다.

아빠는 자주, 자식과 부모의 관계를 '인연'이라고 표
현했다. 필연이 아닌 인연이라는 관계. 그 말을 들을 때
면 나는 좋은 의미로 아빠를 객관적으로 평가하게 된다.
"저 사람이 우리 아빠라서 다행이야", "그는 대체적으로
옳은 선택을 했어"처럼. 가족이기에 서로에 대해 전부를
알 것 같지만, 때로는 아무것도 모르는 일이 오히려 자연
스러울지도 모른다는 사실을, 나는 여전히 아빠를 통해
배우고 있다.

단골 안경점을 떠나보낸 날

　　고등학교를 졸업하고 서울에 와서 맨 처음으로 한 일은 안경점에 가 렌즈를 구입한 일이었다. 매끈하게 화장을 한 얼굴로 안경점에 따라온 큰언니는 내게 단단히 마음먹으라고 조언했다.

"큰 기대는 버려. 극적인 변화 따윈 없을 테니까."

"에잇, 설마!"

　　자못 비장한 큰언니의 표정 앞에서 콧방귀를 뀌었지만, 렌즈를 낀 후 거울 속 민낯을 본 나는 적잖이 충격을 받았다. 고등학교 3년 내내 스트레스였던 이마의 화농성 여드름, 젖살이 빠지지 않은 동그란 볼살에 파묻힌 심심한 홑꺼풀 눈, 우리 집안 특유의 까무잡잡한 피부색까지… 얼굴에서 가장 마음에 들지 않는 모든 부분이 유독 도드라지고, 그렇게 미워 보일 수가 없었다. 안경점 거울은 서울에 상경한 지 얼마 안 된 시골 소녀의 현실을 적나라하게 비추고 있었다. 더구나 안경점의 유독 밝은 조명은 '예뻐지고 싶은' 욕망으로 똘똘 뭉친 스무 살 여자아이의 존재를 더욱더 작고 초라하게 만들었다.

안경점의 조명에 적응을 하기 시작한 것은, 뭘 해도 어설프기만 했던 대학생활을 지나 사회생활을 시작할 무렵이었다. 그때부터 외형적으로 마음에 들지 않는 부분을 화장, 염색, 파마로 조금씩 고쳐 나갔다. 그즈음 집과 멀지 않은 곳에 단골 안경점을 만들었다. 별건 없었다. 주기적인 시력 체크하기, 안경 및 렌즈 맞추기, 안경·렌즈·선글라스 세일 소식 나누기, 가끔은 '공짜 일회용 렌즈를 서비스로 드릴 테니 퇴근길에 들르라'는 메시지에 감사히 응하는 일이었다.

그러다 얼마 전, 십 년 가까이 관계를 맺어 온 단골 안경점의 느닷없는 이전 소식을 듣게 됐다. 저간의 상황을 들어보니, 코비드19로 인한 가속화된 불경기에 다른 동네로 이전하여 오픈하게 되었다고 했다. 안경점 사장님은 직접 전화 연락을 해 왔다. 이전 전, 불편한 곳이 있으면 손봐 줄 테니 가게를 방문해 달라고. 그렇게 또 며칠이 흘러, 이제야말로 마지막이겠구나 싶은 마음에 급히 가게를 찾았다. 안경점 옆 약국에서 산 비타민 음료수 한 통을 들고. 늘 웃는 표정의 사장님은 그날도 여느 날과 다름없이 만면에 미소를 가득 띤 채로 나를 맞아 주었다.

"아이고, 뭘 이런 걸 다 사 오셨쎄요. 이러다 얼굴도 못 보고 가는 줄 알았걸랑요."

단골손님을 대할 때는 말끝에 꼭 '걸랑요'라는 친근한 어미를 갖다 붙이는 사장님과 그렇게 마지막 인사를 나누었다.

"너무 늦게 찾아왔죠? 그동안 정말 감사했어요."

굳이 얼굴을 보고 인사를 나눌 필요가 없는 사이였다. 안경을 더 자주 바꾸고, 렌즈를 더 많이 구매하는 안경점의 주요 단골손님은 차고 넘칠 테니까. 그러나 이 동네에서 유일하게 단골집이라고 부를 수 있는 곳이었다. 서울살이를 하는 동안 '서비스'라는 이름을 붙여 물건을 얹어 주는 곳은 거의 없었다. 콩나물 대가리 하나, 귤 하나부터 그랬다. 돈과 등가 교환되는 상품, 돈과 등가 교환되는 관계. 도시는 그런 곳이었다.

큰언니와 함께 처음으로 렌즈를 맞춘 안경점에서 초등학교 6학년 때부터 꼈던 안경을 벗었다. 밝은 조명 아래, 모공까지도 훤히 보일 것 같은 커다란 거울 앞에서 낯모르는 안경사의 지도에 따라 처음으로 렌즈를 끼고 세상을 마주했던 날을 똑똑히 기억한다. 처음 거울 속 민낯을 봤을 때는, 나의 존재가 안경점 조명 아래 둥둥 떠다니는 먼지 입자보다 더 작고 초라해 보였다. 그런데 그때는 무엇이든 될 수 있을 것 같은 자신감으로 똘똘 뭉쳐 있기도 했다. 설령, 자신이 없더라도 적어도 그 '자신 없음'이 흠이 되지 않았다. 원하는 것을 위해 고군분투하다 이내 좌절하는 모습, 그 자체로 아름답다고 인정받는 나이였기에. 그런데 이제는 곱게 화장을 하고 몇 가지 비싼 소품으로 단장을 해도 내가 쓴 글 한 줄이 마음에 들지 않으니 어찌 된 일일까.

그 무엇도 내 뜻대로 되지 않아 울적한 마음으로 집으로 돌아오던 밤이었다. 버스에서 내려 큰길을 따라 터덜터덜 걸어오는데, 상가의 모든 불빛이 꺼진 와중에도 안경점은 늦게까지 켜져 있었다. 마치, 오늘 하루도 수고했다고 말해 주는 듯. 발붙이고 선 땅에 그런 눈 밝은 공간쯤 하나 있어서, 그 밤엔 그 사실이 얼마나 위로가 되었는지 모른다. 게다가 그곳이 나의 단골가게라서, 그 가게가 그 자리에 버텨 주고 있어서 참으로 다행이라고 생각했다. 나는 사장님과 작별 인사를 한 날, 안경점의 불빛을 등대 삼아 집으로 돌아가던 그 밤을 오래오래 기억하겠다고 다짐했다.

장맛비가 쏟아지던 날

장마의 시작을 알리는 굵은 장대비가 쏟아졌다. 나는 합정역 근처에서 친구 J와 점심을 먹기로 했다. 우리는 역에서 만나 비를 뚫고 약속 장소로 천천히 걸어가기 시작했다. 두런두런 이야기를 나누며 걷는 동안, 반바지 아래로 부딪치는 빗방울의 감촉이 생각보다 나쁘지 않았다. 코로나 시국 속 오랜만의 만남이라 그랬는지는 모르겠지만.

널따란 테라스를 가진 카페였다. 커피와 밥을 동시에 해결할 수 있는 곳이었고, 수백 권의 책이 꽂힌 넓은 책장이 있었다. 창가 자리에 앉으며 맞은편에 있는 다른 카페의 간판을 별 뜻 없이 바라보았다. 'DEAR LIFE'. 점심 식사가 끝나고도 우리는 다른 곳으로 이동하지 않았다. 가만가만 비 오는 풍경을 바라보고 싶어서. 좀 더 머무르기 위해 커피를 재주문하고 돌아왔을 때, 테라스의 펜스에 떨어진 빗방울이 튕겨 창가의 야외 테이블을 서서히 물들이는 모습을 바라보았다. 가늘게 떨어지던 빗줄기는 점점 더 굵어졌다. 그때는 그 낭만적인 빗소리가 지긋지긋한 장맛비의 시작이 될 줄은 꿈에도 몰랐다.

커피가 나오기 전, 우리는 기꺼이 비를 즐기는 자의 태도가 되었다. 카페 주인과 동고동락하는 고양이, 비에 젖은 그릇 속 사료를 먹기 위해 가만가만 움직이는 고양이의 혀, 우산을 쓴 채 빗속을 걸어가는 사람들…. 거리는 어느 순간 거대한 상영관으로 변했고, 우리는 비를 즐기는 사람에서 한 편의 영화를 느긋하게 관람하는 관객이 되었다.

'와, 정말, 낭만적이야. 그나저나 코로나 때문에 영화관에서 영화를 본 게 언제더라?'

찰방찰방 소리를 내며 빗속을 걸어가는 사람들은 마치 한 편의 영화 속 주인공 같았다. 비가 정말 근사하게도 내린다는 생각을 하다 말고 이내 서글픔을 느꼈다. 생각해 보면 비를 그다지 좋아하지 않았다. 비가 오는 날이면 습기를 먹은 반곱슬머리가 유독 꼬불거렸다. 잘 다린 바짓단이, 옷차림 중에서 가장 민감한 신발이, 신발 속 양말이 젖는 일이 마뜩지 않았다. 그뿐인가. 비가 오면 이상하게 죄책감이 들었다. 비가 올 때, 유독 신산해지는 부모님의 얼굴이 떠올라서였다.

오랫동안 농사를 지어 온 부모님은 장마철이면 비와 사투를 벌였다. 한여름엔 더위와 혹한기엔 추위와 싸웠다. 삶을 버텨 내기에도 벅찬 이 세상에서, 제 마음대로 할 수 없는 날씨와 싸우는 일은 어떤가. 내 마음은 마치 해가 쨍쨍한 날에는 우산을 파는 자식을, 서글피 비가 오는 날에는 부채를 파는 자식을 걱정해야 하는 어머니의 마음이 되었다. 자식과 부모의 관계가 역전되는 것은 한순간이었다.

자식으로서 어느덧 늙어 가는 부모의 생을 바라보는 일은 고통스럽다. 대부분의 자식이 그럴 테지만, 부모와 함께할 수 없는 순간에 그들의 고달픈 하루를 상상하는 일은 정말이지 고역스럽다.

그해 장마는 정말이지 고약했다. 최장기간 쏟아지는

물 폭탄을 감당해야 했던 사람들은, 고단한 와중에도 쉽게 잠을 이룰 수 없었다. 양동이로 퍼붓듯 쏟아지는 비를, 무심한 하늘을 그저 올려다볼 수밖에 없었다. 우리는 세상이 곧 멸망해도 이상하지 않다는 생각으로 시시각각 변해 가는 하늘을 바라보았다. 뉴스에서는 연일 보도했다. 둑이 터져 물속에 잠긴 집, 살기 위해 헤엄치는 소, 동네를 삼켜 버린 공포의 산사태, 삽시간에 무너진 다리, 물난리로 매몰되거나 휩쓸려 간 사람과 동물에 대해. 그 엄청난 사건 속에서 가까스로 살아남은 사람들은 또 어떻게든 살아가기 위해 폐허의 집에서 쓸 만한 것들을 추려 내고, 도움의 손길을 구했다. 나는 그 일을 스크린 속 영화의 한 장면처럼 무심히 지나쳐 버렸다. 어느 순간엔 그렇게 흘려버린 상황에 한 편의 제목을 붙여 보기도 했다. '그럼에도 Dear, Life'라고.

일 년이 지난 어느 날, 친구 J와의 약속 장소로 다시한 번 그 카페로 향했다. J는 카페로 오는 중이었고, 나는 먼저 도착했다는 답신을 남기고픈 마음에 일찍이 서둘렀다. 그곳에 도착했을 때 예상치 못한 풍경이 펼쳐졌다.

테라스를 따라 놓여 있던 야외 테이블, 사료를 먹기 위해 가만가만 혀를 움직이던 고양이, 수많은 책이 꽂혀 있던 책장마저도 사라져 버린 후였다. 그곳은 애당초 아무것도 존재한 적 없었던 것처럼 텅 비어 있었다.

내가 쓴 편지를 돌려받은 날

코로나 때문에 조카와 함께 한국에 들어온 큰언니는 작년 한 해의 절반을 본가에서 지내다가, 가을에 상해로 돌아갔다. 큰언니는 시간이 날 때마다 우리의 비밀스러운 잡동사니가 모여 있는 아랫방에서 유년 시절부터 네 남매끼리 뻔질나게 주고받았던 편지를 야금야금 꺼내 읽고 있다는 소식을 전해 왔다. 그날도 언니는 무언가 대단한 걸 발견했다며 전화를 걸어 왔다.

"세상에 말이야, 그 방에만 들어가면 시간이 우에(어떻게) 흘러가는지도 모르겠다니까."

"크크. 이런저런 비밀스러운 것들이 잔뜩 모여 있제?"

"말도 마래이. 편지는 지긋지긋할 정도로 많아여. 엄마 성미로는 진작 불쏘시개가 되었을 텐데, 용케도 살아남았더라."

그도 그럴 것이, 아랫방에 보관 중인 박스 속 수많은 짐 중 가장 큰 부피를 차지하는 것은 네 남매가 주고받은 편지 꾸러미라는 것을 아주 잘 알고 있었다. 하지만 어느새 그마저도 까마득히 잊어버린 채 살아가고 있다는 걸, 큰언니가 상기시켜 준 셈이다. 아랫방에 들어앉아 모처럼 옛 편지를 읽으며 한 시간이 일 분처럼 순식간에 흘러가는 체험을 하고 있을 큰언니의 모습을 상상했다.

"뭘 이룬 것도 없이 여기까지 왔네."

"배부른 소리 고만 지껄이. 결혼도 했고, 토끼 같은 자식 놈도 둘이나 있잖애."

"언제 다 키워여. 내 나이가 내일 모레면… 야, 말도 마. 끔찍하대이."

"에휴. 어쩌다, 어느 결에, 여까지 왔노. 시간 참 억수로 빠르대이."

"야, 청승 고마 사절. 이거나 한번 읽어 보실라우?"

큰언니는 개인 대화방에 편지 한 통을 이미지 파일로

첨부해 보내 주었다.

"뭐로, 이건?"

"뭐긴 뭐겠노. 네가 나한테 쓴 편지제."

나는 부끄러움도 모른 채 편지를 읽어 내려갔다. 그러고는 이렇게 외쳤다.

"세상에! 와, 내가 이렇게나 편지를 잘 썼다꼬?"

"내가 그랬제. 벼는 익을수록 고개를 숙이야 돼여."

괜스레 코끝이 시큰해진 내게, 큰언니의 벼락같은 한마디가 날아들었다. 그러거나 말거나 겸손도 없이, 몇 줄의 편지에 탄복한 모습을 본 큰언니는 푸하하 하고 웃음을 터뜨렸다. 그렇게 큰언니를 따라 웃어 버렸으면 좋았겠지만, 나는 그러지 못했다. 그저 그 시절, 또박또박한 글씨체만큼 나의 마음이 선명하게 누군가에게 가닿길 바라며 써 내려간 편지를 읽는 내내 비릿한 슬픔을 느꼈으므로. 지금보다 훨씬 어렸던 나는, 어쩌다 '연대'라는 말을 썼을까. 비록 몸은 멀리 떨어져 있어도, 우리는 여전히 '자매'로 연결되어 있다는 감각을 놓치고 싶지 않았던 걸까. 편지에는 이런 문장이 적혀 있었다.

나는 언니의 '목소리'를 들을 수 있어. 언니도 내 '목소리'를 들을 수 있길 바라.

편지를 쓰던 그 밤의 기억은 사라졌다. 나는 기억에서 사라진 그 밤에 느꼈던 감정을 할 수만 있다면 모두 되돌리고 싶었다. 하지만 인생의 모든 것을 기억할 수는 없는 법. 그 일부라도 남겨 두고 싶어서, 끝내는 사라지지 말았으면 싶어서, 우리는 편지를 썼던 것이 아닐까?

큰언니에게 쓴 편지를 다시 돌려받은 그 밤, 나는 쉽사리 가닿지 못하는 대상을 향해 여전히 닿길 바라는 마음으로, 그 언젠가 누군가에게 쓴 편지처럼 발견되기를 바라는 간절한 마음을 담아 이렇게 글을 쓰는 것인지도 모른다고 생각했다.

차도 한복판을 걷고 있는
노인을 목격한 날

"고마 더는 못 갈따."

내게 의지한 채 기우뚱기우뚱 걸음을 옮기던 엄마는 횡단보도 앞에 다다라서야, 통증을 간신히 참은 얼굴로 고개를 가로저었다.

"마트는 왜 가자고 했어. 곧바로 집으로 갈 걸."

"우에 괜찮을 줄 알고. 여서 짐 갖고 기다릴 테니 금세 댕기 올래?"

몇 달 전, 친척 동생의 결혼식 때문에 서울에 온 엄마는 외출 내내 컨디션이 저조했다. 그날, 마른반찬 몇 가지를 만들어 보겠다는 엄마를 말리지 못하고 마트로 향한 게 화근이었다. 횡단보도 하나를 건너면 될 일이었다.

눈앞의 마트를 두고, 엄마는 음악 소리가 요란하게 울려 퍼지는 핸드폰 대리점 밖 계단참에 주저앉았다. 신호는 금세 녹색불로 바뀌었다. 엄마는 어서 다녀오라는 듯 손을 휘휘 저었다.

마트에서 반찬 재료를 사고 나온 것은, 신호가 몇 번 더 바뀐 후였다. 엄마의 컨디션을 살피며 신호가 바뀌기만을 기다리는데, 홀연 한 사람이 눈에 들어왔다. 서행하는 차들, 앞다퉈 시끄럽게 울려 대는 경적 소리의 원인인 듯 보이는 할머니 한 분. 그는 지팡이를 짚고도 걸음을 제대로 걷기 어려울 정도로 연로했는데, 빨간 신호라는 것을 인지하지 못했는지 떠듬떠듬 차도를 무단 횡단하는 중이었다.

내가 할머니를 발견했을 때, 그는 아직 4차선의 절반도 오지 못한 상태였다. 보행 중에 신호가 바뀐 걸까? 그것도 아니라면 치매에 걸리신 걸까? 걸음은 왜 이리도 느리단 말인가? 그를 부축해야 할까? 보호자는 어디에 있는 걸까? 어떤 이유로 외출을 해서는 교통 상황을 이리도 복잡하게 만든 걸까? 그러다 문득 여기까지 생각이 미쳤다.

'부끄러움을 알긴 알까?'

내가 할머니 너머 엄마를, 엄마가 할머니 너머 나를, 다시 우리 모녀가 할머니를 발견하기까지 신호는 더디 바뀌었다. 순간, 엄마가 앉아 있는 건너편에서 내가 서 있는 이편이 일직선으로 겹쳐 보이기 시작했다. 나는 엄마에게 금방이라도 달려가고 싶었지만, 한 발자국 멀리 도망치고도 싶었다. 우리는 지금 서로가 가게 될 멀지 않은 날의 장면을 바라보는 중인지도 몰랐다. 기어이 알아채고야 말 삶의 어떤 진실을 찰나의 순간에 마주한 것인지도 몰랐다.

멧돼지에 대해 들은 날

　　지난봄, 아픈 엄마를 돌보기 위해 한 달간 본
가에 머물렀다. 매일매일 비슷한 일과가 이어지던 어느
날, 동네 정자로 낮 산책을 나갔던 엄마가 돌아와 말했다.

　　"성저* 사람들이 그카대(그렇게 말하네). 앞 냇가에 멧
돼지가 산다꼬."

　　"엥, 웬 멧돼지?"

　　시골에서 태어났지만, 실제로 멧돼지를 본 적이 없
다. 그건 엄마도 마찬가지였다. 멧돼지의 존재를 실감하
게 된 건, 차례를 지내러 선산에 갔다가 짓밟히고 파헤쳐

◆ 내성천 건너 동네 이름

진 증조할아버지의 봉분을 본 다음이었다. 그런 일이 일어나지 않았다면, 나는 편의점을 급습해 아수라장으로 만드는 모습으로 뉴스 영상에 뻔질나게 등장하는 멧돼지를 어딘가에는 존재하나 여전히 알 수 없는 신령한 존재쯤으로 여겼을 것이다.

"몰래, 나도. 뭔 멧돼지가 강에 산다는 건지."

"멧돼지는 산돼지잖아. 산돼지가 왜 강에 살아여. 다들 잘못 본 거 아니래?"

"아니라. 똑똑히 봤다는 사람이 한둘이 아닌 걸."

"글면, 그건 망할 놈의 4대강 사업 때문이라. 토사가 쌓이면서 강변을 따라 수풀이 엄청 우거졌잖아. 멧돼지가 착각하게 된 거래. 거기가 산인 줄."

집에 머무는 동안 천방둑을 따라 이따금 저녁 산책을 나갔던 나는 강과 모래가 딱 절반씩 존재하던 아름다운 모래톱이 흉물스럽게 변했다는 사실을 알아챘다. 변화는 점진적이었다가 어느새 확실하게 체감됐다. 토사가 점령해 버린 강을 아무리 내려다보아도 물줄기는 잘 보이지 않았다. 강이 더는 강이 아닌 모습. 수풀이 우거진 그곳은 한낮에도 귀신이 나올 것처럼 을씨년스러웠다. 몇 시간 후, 저녁을 먹다 말고 엄마는 다시 아빠에게 말을 걸었다.

"강에 멧돼지가 내려와서 산대여. 우야면 좋을꼬."

"멧돼지가 왜 산에 안 살고 강에 와서 살아여. 미쳤는갑네."

아빠는 멧돼지가 왜 산에 살지 않고 강으로 온 것인지, 아니 그런 기이한 일쯤은 아무렇지 않게 일어난다는 듯 태연하게 답했다. 아빠의 눈은 매일같이 상승과 하강을 반복하는 핸드폰 어플 속 관심 종목 차트에 머물러 있었다. 나는 점심 때 했던 말을 다시 한 번 반복했다.

"그거 다 4대강 사업 때문이래. 엄마랑 아빠가 그때 4대강 사업이 대단하다고 칭찬했잖애. 우리나라에도 수에즈 운하 같은 커다란 운하 비스무리한 게 생긴다고 좋아했잖애. 언론에 선동당했잖애. 그런데 이게 뭐래. 멧돼지가 산에 안 살고 왜 강에 와서 살아여. 그게 말이 돼여?"

"말이 안 되지."

"강은 이제 죽었어."

'죽었어'라는 소리에 갑자기 엄마와 아빠가 고개를

들고 나를 똑바로 쳐다봤다. 며칠 전 우리 셋은 버려진 개가 들개가 되어 온 산을 떠돌다가, 산책을 나온 노인 한 명을 물어 죽였다는 뉴스를 보았다. 혀를 끌끌 차며, 세상이 참 말세라고 중얼거렸다. 노인이 죽은 사실보다 더욱 무섭게 느껴진 건, 사람이 버린 개가 들개가 되어 이제는 어린아이를 물어 죽일 수 있다고 한 전문가의 경고였다. 그는 만일의 사태에 대비를 해야 한다고 목소리를 높였다.

멧돼지가 냇가에 살고 있다는 이야기를 들은 그날 밤, 나는 환기를 위해 열어 두었던 창문을 단단히 걸어 잠갔다. 강과 우리 집은 그다지 멀지 않았으므로. 기다란 뿔과 뾰족뾰족한 털을 가진, 실물로는 단 한 번도 보지 못한 상상 속 멧돼지가 천방둑을 넘어 마을로 들어올까 봐. 그 밤, 나는 멧돼지가 온 동네의 경작지를 마구 짓밟고 다니는, 눈앞의 현실인 듯 선명한 꿈을 꾸었다.

옛 시절 소환의 날

이십 대 때 애정을 갖고 일한 공간에서 한 시절 함께했던 동료들을 만났다. 그곳을 회상할 적이면 '사무실'보다는 '공간'이라는 이름으로 부르길 좋아했는데, 아무래도 그곳이 공식적으로는 '복합문화공간'이라는 이름으로 운영되었기 때문이다. 기획팀의 J, 아르바이트로 저녁 강의 보조를 담당했던 시인 W 오빠, 운영팀의 나까지. J와 나는 그 공간을 떠난 후로도 친한 친구가 되어 여전히 관계를 이어 오고 있지만, W 오빠와는 2015년에 있었던 J의 결혼식 이후 무려 6년 만의 만남이었다. 오랜만이라는 사실을 금세 잊고, 대화를 이어 가는 내내 나는 줄곧 그 공간에 대한 생각들로 가득 차 있었다.

이십 대 중반부터 시작된 공간에서의 삶은 이십 대 끝자락에 뜻하지 않게 끝났다. 퇴사 후 그곳에서의 시간을 '거기'에 묻어 두고 살았다. 아주 가끔 오래된 앨범을 들여다보듯 그 공간에서 있었던 일을 추억하긴 했지만 그뿐이었다. 내겐 삼십 대와 함께 수행해야 할 새로운 임무들이 있었으니까.

"기억나? 학술팀의 K 형."

"아, 그럼요. K 씨, 기억나죠."

그러다 급작스레 호명된 어떤 이름을 듣고 봉인되었던 그 시절의 기억이 하나씩 되살아났다. 학술팀 담당자였던 그 사람과는 일적으로는 접점이 아예 없었다. 그가 그 공간을 그만둘 무렵, 학과 교수님의 소개로 면접을 보고 그곳에 입사를 했다. 그가 종종 공간에 놀러 왔을 때, 나는 운영팀 전임자에게 업무 인수인계를 받고 있었다. 퇴사 후 얼마쯤 지나 그는 공간 인근 지역 홍대의 바(BAR)를 인수했다. 이후 그곳은 공간 담당자들의 회식 장소 겸 행사 후 소소한 뒤풀이가 이루어지는 단골 가게가 되었다. 아주 가끔 동료들끼리 어우렁더우렁 모여 놀러 간 적은 있었지만, LP 음악이 흘러나오는 그 바의 주인이 된 그와 제대로 말을 섞어 본 일은 없었다. 그러니 딱히 그와의 추억이랄 것이 없었다.

J와 W 오빠에 의해 아무렇지 않게 그의 이름 세 글자가 호명된 순간, 2000년대 후반의 공기가 미묘하게 되살아났다. 콘크리트벽 속에 가둬 둔 기억이 젤리처럼 녹아 벽을 타고 흐르기 시작했다. 그의 이름을 따라 많은 이름들이 바쁘게 스쳐 지나갔다. 그리 친절하지 않았지만 팀원들의 정신적 지주가 되어 주었던 디자인팀 팀장 L, 데스크 앞에서 큰 목소리로 싸우고 화해했다고 믿고 있을 R(미안하지만 그때 당신과 제대로 화해했다고 생각하지 않아요), 연말 파티를 위해 케이터링 준비를 함께했던 N…. 돌이켜보면 그들과 나 사이에 사건, 사고는 없었지만 다시는 보지 않게 된 사람들이었다.

그뿐인가. 커피믹스나 휴지를 자주 사러 갔던 이제는 폐점한 '신촌 그랜드마트', 공항철도 신 역사 건설로 사라진 동교동 삼거리의 단골 칼국수 집 '두리반', 벤쿠버 올림픽에 출전한 김연아 선수의 결승 경기를 보기 위해 열 일 제쳐 두고 달려갔던 '등뼈해장국집'. 우리는 원산지 '호주, 뉴질랜드산'이라고 적혀 있던 그곳의 해장국을 훌훌 떠먹으며 광우병 파동에 대한 뉴스를 걱정스러운 눈으로 지켜보았다.

그곳을 떠난 후, 들고 나는 사람들 사이에서 그 공간마저 사라졌다는 소식을 들은 것은 출판사를 거쳐 기획사를 다니던 때였다. 이후에도 합정, 홍대, 신촌 일대에 비슷한 문화 공간이 계속해서 생겨났지만 오래 지나지 않아 자취를 감췄다. K 씨가 운영하던 바도 얼마 못 가 문을 닫았다고 들었다. 그 시절 자주 갔던 산울림소극장 근처의 김밥집(이름이 기억나지 않는다)은 문을 닫았지만, 그날 우리는 다행히 사라지지 않고 여전히 건재한 마포 갈비만두집에서 저녁을 먹을 수 있었다.

시인 W 오빠를 따라 합정역 2번 출구 뒤편 골목길의 디저트 카페로 자리를 옮겼다. 화려한 외관을 보는 순간, 이 카페가 이곳에서 얼마나 오랫동안 버틸 수 있을지 걱정되었다. 하지만 자신의 상황에 따라 익숙한 공간에서 다시 새로운 공간으로 철새처럼 이동하길 반복했던 우리와 같은 사람들이 어찌할 수 있는 일은 아니었다.

"여기 주스랑 디저트가 꽤 맛있거든."

"좋아요. 그럼 전 케일바나나주스 먹을래요."

나는 카페의 시그니처 메뉴인 케일바나나주스를 주
문한 후, 삽시간에 어두워지기 시작한 창밖을 바라보았
다. 그날 우리의 대화는 늦은 밤까지 계속됐다. 카페 창
밖으로는 여름의 끝을 알리는 비가 내리고 있었다.

● 신혼집을 보러 다닌 날

　　11월, 결혼을 앞둔 우리는 신혼집을 구하고 있었다. 한 칸 한 칸 계단이 유독 높게 느껴졌던 구 빌라 3층, 어마어마한 양의 살림 짐을 안고 있던 그 집은 옆집 벽과 거실 벽이 맞붙은 탓에 창문이 없었다. 7월, 한낮이었지만 빛이 들지 않는 거실은 어두컴컴했다.

　　"이만하면 둘이 시작하기에 손색없지 뭐. 주인이 인테리어를 싹 해 놔서 새 집 같잖우. 안 그래요?"

　　부동산 사장은 거실과 방의 전등을 일일이 켜 주며, 집 상태를 꼼꼼히 살펴볼 것을 권했다. 그는 이변이 없는 한, 이 집을 우리의 신혼집으로 밀어 보려는 눈치였다. 결혼 준비를 시작한 7월부터 몇 달 새 전셋값은 가파르게 올랐다. 바쁜 남자친구를 대신해 프리랜서인 나는 평일에 혼자 신혼집을 보러 다녔다. 집을 보러 다닐수록, 머릿속으로 막연히 그려 왔던 마을버스 정류장에서 멀지 않고, 편의시설이 인접한, 전망 좋고 깨끗한 준 신축 빌라에서 점점 멀어지는 기분을 느꼈다. 가용할 수 있는 예산을 생각해 웬만하면 합의점을 찾고 싶었다. 그런데 아무리 계산기를 두드려 보아도 이 집은 신혼집으로 꿈꿔 온 집이 아니었다.

"그런데 사장님. 이 집엔 누가 살고 있어요? 살림 짐이 꽤 많은 걸 보니 식구가 많은 것 같아서요."

목이 갑갑하게 죄어 왔고, 숨통을 트고 싶어 대화 주제를 바꾸었다.

"아, 여기. 신혼부부가 산다고 들었어. 애가 하나 있다던가, 없다던가. 아무래도 애가 생기면 짐이 많아지니까, 뭐. 돈 모아서 이사를 간다고 하더라구?"

"아… 그렇구나. 그런데 거실에 창문이 없네요."

"어, 그랬나? 창문이 없나?"

그는 창문이 없다는 사실을 모르지는 않았으나, 부러 이 집의 단점을 부각하지 않았다.

"그래도 안방과 작은 방엔 이렇게 큰 창이 있잖우. 부엌 창도 있으니 작은 방 쪽 창문을 같이 열어 두면 환기도 기막히게 되겠네. 나랑 여태 돌아다녀 봐서 알겠지만 물 좋고 정자 좋은 곳 없어요. 이만하면 우리 동네에서 꽤 괜찮은 조건에 나온 집이야."

나는 대답하지 않았다. 그와 나의 '괜찮은 조건' 사이에는 좁혀지지 않은 거리감이 있어 보였다. 실은 선택에 관계없이 대답할 기운이 꺾여 버렸다. 어두컴컴한 거실에 잠자코 서서 창문이 없는 집에서 살았을, 단 한 번도 만난 적 없는 신혼부부의 얼굴을 떠올렸다. 그들에게도 이 집을 얻기까지, 창문이 없는 거실이 있는 집을 선택하기까지 말 못할 고충의 나날이 있었을까? 그 집을 선택한 건 그들의 잘못이 아니다. 선택하지 않은 것 또한 나의 잘못이 아니듯.

그날 밤, 얄팍한 합판 같던 인내심이 끝내 부서져 내렸고 울적한 마음에 친구 B에게 연락을 했다. 몇 년 전 B도 신혼집을 구하느라 몇 날 며칠 발품을 팔았던 사실을 나 역시 모르지는 않아서. 통화의 말미에 B가 힘을 실어 주었다.

"힘들더라도 조금만 더 버텨 봐. 그럼 인연이 되는 집을 반드시 만날 수 있을 거야."

"그렇겠지? 이 동네에 내 한 몸 비빌 언덕쯤 있겠지?"

며칠 후 기분 전환도 할 겸 부동산을 바꾸었다. 그리고 B의 말대로 새 부동산이 보여 주는 다양한 매물을 살피며 몇 주를 좀 더 버텼다. 대로변에서 한참 떨어진 언덕배기에 있는 준 신축 빌라를 보러 간 날은 다행히 남자친구와 함께였다. 골목 쪽으로 커다랗게 열린 거실 창문으로 가을을 알리는 비가 추적추적 내리고 있었다.

"남서쪽이라 볕이 참 잘 들어요!"

비오는 밤이었기에, 볕이 잘 드는 낮의 모습은 잘 상상이 되지 않았다. 그 집을 계약하기로 마음먹은 것은 작은 방 창문 너머로 동네의 야경을 본 직후였다. 우리는 시원하게 뻗은 8차선 도로에서 점점이 번져 오던 헤드라이트의 불빛, 방음벽 너머 우뚝 솟은 브랜드 아파트 단지의 불빛을 바라보았다. 금방이라도 손 닿을 듯, 저 먼 곳의 풍경을.

'이곳이었구나. 이곳이었어.'

집을 구하는 내내 차올랐던 비릿한 슬픔이 조금씩 무화됐고, 우리는 비로소 조용히 미소 지을 수 있었다.

뒷산 꿀밤나무 이야기를 들은 날

지난가을부터 나는 자주 엄마와 싸웠다. 때로는 별것 아닌 일로, 때로는 별일로. 다행히 꽁해진 마음을 풀기까지 그리 오랜 시간이 걸리지 않는 싸움들이었다. 엄마는 늘 그렇듯 화해의 초석을 이렇게 다졌다. "네마음을 못 알아봐 줘서 미안하다"고. 나는 대답했다. "내감정만 앞세워서 미안해"라고. 이렇게 얘기하고 보니 내인생 팔 할은 '나를 제대로 발견당하지 못한' 설움에서비롯된 것이 아닌가 하는 생각이 들어 하마터면 다시 마음이 꽁해질 뻔했다.

별것 아닌 일로 싸운 날, 엄마는 뒷산 꿀밤나무 이야

기를 했다. 서로에게 미안하다고 말한 후 괜스레 머쓱해서 한동안 대화를 이어 가지 못했는데, 데면데면한 공기를 뚫고 엄마가 꿀밤나무 이야기를 꺼냈다. 엄마는 그런 식으로 화제를 전환하는 데 능숙한 사람이었다.

"뒷산 꿀밤나무를 베기로 했대이."

나는 '뒷산 꿀밤나무 벤다'는 말을 무슨 마당에 핀 잡초를 뽑는 일처럼 간단하게 하는 엄마의 무미건조한 화법에, 그 어마어마한 꿀밤나무의 존재를 새까맣게 잊고 있었다는 사실을 깨달았다. 그 꿀밤나무로 말할 것 같으면, 어린 시절 우리 네 남매가 뒷산 둔덕에서 술래잡기를 하느라 한참 뛰어다니다가 땀이 흥건한 얼굴로 쉴 곳을 찾을 때 널따란 그늘로 정수리까지 차오른 열을 식혀 주는 존재였다. 아빠에게 혼난 후 마음에 이는 파고를 가라앉히기 위해 스케치북을 들고 뒷산에 오르면, 나무의 밑동은 내가 기대앉아 먼 곳의 풍경을 바라볼 수 있도록 넉넉한 품을 내어 주었다. 밥때가 되면 꿀밤나무에 기대서서 부엌 창과 이어지는 뒤란을 내려다보곤 했다. 부엌 창밖으로 비죽이 고개를 내민 엄마가 "밥 먹으러 온나" 하고 우리를 찾는 모습을 보는 일이 그렇게나 좋았다. 그런 추억이 꿀밤처럼 하나하나 매달린 나무를 베어 버리겠다니, 대관절 무슨 소리인가 싶었다.

"뒷산 꿀밤나무면 엄마가 가을마다 묵 쑨다고 꿀밤 주우러 가는 그 큰 나무 말하는 거래?"

"어, 그거."

나도 나지만, 네 남매가 오래전 집을 떠난 후 꿀밤나무와 오랫동안 각별한 정을 쌓아 온 엄마의 마음은 왜 이렇게 멀쩡한지를 되묻고도 싶었다.

"왜? 그 나무 멀쩡하잖아."

"멀쩡하도 안 해."

"아냐. 얼마나 멋있는데?"

"아이고, 나무가 늙어서 기둥이 집 쪽으로 기울어진 지 오래라. 굵다란 가지가 지붕을 덮칠까 봐 늘 노심초사라. 아무튼 아빠랑 나는 나무를 베기로 결정했대이."

6년 전, 우리 집은 이십 년 가까이 운영해 온 포도 과수원을 정리했다. 그때 잘려 나간 포도나무가 무려 삼천 그루가 넘는다. 지난가을 아빠는 살구 과수원을 정리하겠다고 했고, 이후 살구나무는 포클레인의 날카로운 삽질에 무참히 뽑혀 나갔다. 그때, 포도나무를 정리하면서

심은 살구나무도 사백 그루나 된다고 들었는데…. 엄마의 입에서 이제 하나밖에 없는 꿀밤나무마저 베겠다는 소리를 들으니, 나는 뭔가 죄를 지어도 단단히 지은 것만 같았다.

"하긴, 내가 언제부터 꿀밤나무를 생각했다고…. 나 살기 바빴지."

"뭔 소리로?"

고향을 떠난 후 그저 여름이면 커다란 그늘을 드리우고, 가을이면 후드득후드득 소리를 내며 묵 좀 쑤어 먹으라고 넉넉하게 열매를 내주던 그 꿀밤나무의 배려를 당연한 듯 받고 살기만 했을 뿐이었다. 그렇지만 엄마의 대처만큼은 좀 달랐어야 하는 것이 아닌가 싶었다. 우리의 터전이 거기 있는 한, 뒷산의 다람쥐와 청솔모, 그리고 당신의 배 속마저 풍요롭게 불려 주던 꿀밤나무의 소중함을 그리 허망하게 잊어버려서는 안 된다고 말이다.

그런데 한편으로는 우리가 잊고 사는 것이 그뿐만은 아닐 것이라는 생각이 들었다. 포도나무가 베어진 자리에 살구꽃이 피고, 살구꽃이 진 자리에 꿀밤나무가 있었다는 것을. 우리가 이처럼 아무렇지 않게 스쳐 지나간 수

많은 기억들이 여전히 그곳에서 고요히 손을 흔들며 머물러 있음을, 너무나 손쉽게 잊어버린 채 살고 있는 것이 아닐까?

오랜만에 엄마와 대화를 하며, 내가 기억하지 못한 채 흘려보낸 날들이 얼마나 많은지를 새삼 생각했다. 그리고 이내 나의 한계를 인정하기로 했다. 언젠가 나 역시 '꿀밤나무가 있었다'는 사실을 새카맣게 잊게 될 가능성이 크므로. 그래서 나는 엄마와 싸우고 화해한 날 이 글을 쓰게 되었다. '그곳에 꿀밤나무가 있었다'는 사실을 되도록 오랫동안 기억하기 위해서.

비록 작은 불빛에 불과하지만
잘 살아 여기까지 왔음에 감사하며.

이름 지어 주고 싶은 날들이 있다

초판 1쇄 인쇄 2022년 2월 25일
초판 1쇄 발행 2022년 3월 7일

글 류예지
펴낸이 홍지애
펴낸곳 꿈꾸는인생
주소 서울 마포구 월드컵북로 400 2층
전화 070-4046-2371
팩스 02-6008-4874
이메일 lifewithdream@naver.com

© 꿈꾸는인생, 2022

ISBN 979-11-91018-16-5 (03810)